LA LOUVE DES BEAUX QUARTIERS

DU MÊME AUTEUR
CHEZ LE MÊME ÉDITEUR

N° 1 : LE MONSTRE D'ORGEVAL
N° 2 : LE CARROUSEL DE LA PLEINE LUNE
N° 3 : L'ABOMINABLE BLOCKHAUS
N° 4 : LES SÉMINAIRES D'AMOUR
N° 5 : LE MARCHÉ AUX ORPHELINES
N° 6 : L'HÉROÏNE EN OR MASSIF
N° 7 : UN CHANTAGE TRÈS SPÉCIAL
N° 8 : LES REQUINS DE L'ÎLE D'AMOUR
N° 9 : LA CITÉ DES DISPARUES
N° 10 : LE CYGNE DE BANGKOK
N° 11 : LA MANTE RELIGIEUSE
N° 12 : LE JEU DU CAVALIER
N° 13 : LA CROISIÈRE INTERDITE
N° 14 : LE HAREM DE MARRAKECH
N° 15 : LA MAISON DES MAUDITES
N° 16 : LA PERMISSION DE MINUIT
N° 17 : LES CAPRICES DE VANESSA
N° 18 : LA VIPÈRE DES CARAÏBES
N° 19 : LE VOYOU DE MONTPARNASSE
N° 20 : LES FILLES DE MONSEIGNEUR
N° 21 : LA NUIT ARABE DE MONACO
N° 22 : LA FERMIÈRE DU VICOMTE
N° 23 : LA PUNITION DE L'AMBASSADEUR
N° 24 : LA SECTE DES AMAZONES
N° 25 : LES SIRÈNES DE L'AUTOROUTE
N° 26 : LE BOUDDHA VIVANT
N° 27 : LA PLANCHETTE BULGARE
N° 28 : LE PRISONNIER DE BEAUBOURG
N° 29 : LES ESCLAVES DE LA NUIT
N° 30 : LES POUPÉES CHINOISES
N° 31 : LES SACRIFIÉS DU SOLEIL
N° 32 : L'EXÉCUTRICE
N° 33 : LA PRÊTRESSE DU PHARAON
N° 34 : UN CANAL ROSE POUR CIBISTES
N° 35 : LES FANATIQUES DE LA VIDÉO
N° 36 : LES ANGES DE PIGALLE
N° 37 : SOSIES SUR MESURE
N° 38 : LA MARQUE DU TAUREAU
N° 39 : L'ÎLE AUX FEMMES
N° 40 : LA CHÂTELAINE DE L'ORDRE NOIR

Nº 41 : LA PRINCESSE DES CATACOMBES
Nº 42 : LA DISPARUE DE SUNSET BOULEVARD
Nº 43 : LE PARFUM DE LA DAME EN GRIS
Nº 44 : LES FEMMES MYGALES DE CÔTE-D'IVOIRE
Nº 45 : LA DANSE DES COUTEAUX
Nº 46 : LES AMANTS DE SINGAPOUR
Nº 47 : LA VEUVE DU LAC
Nº 48 : LES FANTASMES DU NOTABLE
Nº 49 : LA BÊTE DU LUBERON
Nº 50 : CARNAVAL A VENISE
Nº 51 : LES NUITS BLANCHES DE LA TOUR EIFFEL
Nº 52 : LOVE TELEPHONE
Nº 53 : GOLF-PARTY
Nº 54 : L'ENFER DU COLLECTIONNEUR
Nº 55 : LES SOMNAMBULES DU DOCTEUR MARLY
Nº 56 : LES ENVOÛTÉES DU MARABOUT
Nº 57 : LA TUEUSE D'HOMMES
Nº 58 : LA DIVA DU BOIS DE BOULOGNE
Nº 59 : LA FOLIE DE BARBE-BLEUE
Nº 60 : LE MANIAQUE DU PARKING
Nº 61 : LE BATEAU DES FILLES PERDUES
Nº 62 : LE DÉMON DU PEEP SHOW
Nº 63 : LES CHASSEURS DE MIREILLE
Nº 64 : LA PLAGE AUX NYMPHES
Nº 65 : NUITS DE CHINE
Nº 66 : LA FILIÈRE MEXICAINE
Nº 67 : LES SECRETS DE MADAME MAUD
Nº 68 : LA FEMME MASQUÉE
Nº 69 : TRANSPORT DE FILLES
Nº 70 : LA SECRÉTAIRE DU PATRON
Nº 71 : LA PANTHÈRE DES PALACES
Nº 72 : LES PROFANATRICES
Nº 73 : LA TENTATION DE CAROLINE

MICHEL BRICE

BRIGADE MONDAINE

LA LOUVE DES BEAUX QUARTIERS

PLON

Les dossiers Brigade mondaine de cette collection sont fondés sur des éléments absolument authentiques. Toutefois, pour les révéler au public, nous avons dû modifier les notions de temps et de lieu ainsi que les noms des personnages.

Par conséquent, toute ressemblance avec des personnes existantes ou ayant existé serait totalement involontaire et ne relèverait que du hasard...

ISBN : 2.259.01495-X

CHAPITRE PREMIER

Les chevilles gainées dans des bas gris pâle étaient très fines au-dessus des escarpins en vernis noir et tout le reste de la silhouette, dans son Burberry mastic serré à la taille, correspondait exactement aux critères qui faisaient tilt chez Boris Corentin.

Pas chez l'inspecteur divisionnaire vedette de la BSP (1), autrement dit la Brigade Mondaine. Chez l'homme, l'athlète sosie d'Alain Delon.

Et puis, il y avait, pour accentuer encore le tilt, la bouche de l'inconnue. A la fois fine et gonflée. Et tout le visage, parfaitement régulier, avec des yeux immenses aux longs cils battants. Un large béret écossais retenait les cheveux et ceux-ci flottaient, blonds, impeccablement ondulés. La bourgeoise type. La grande bourgeoise, même.

Le problème, devant l'étalage de chez Hermès, rue du Faubourg-Saint-Honoré, où Boris était venu acheter un carré (2) pour Jeannette, l'épouse d'Aimé Brichot, son équipier, et dont l'anniveraire tombait aujourd'hui,

(1) Brigade des Stupéfiants et du Proxénétisme.
(2) Foulard, chez Hermès.

c'était que l'inconnue ne se conduisait pas du tout en bourgeoise. A son égard à lui.

Et ça durait depuis un bon moment. Dès son entrée, quand il s'était effacé pour la laisser passer la première. Elle ne le quittait pas des yeux et elle l'avait suivi tout au long de ses périgrinations à travers le magasin. S'intéressant ostensiblement aux mêmes articles que lui, jusqu'à ce qu'elle aboutisse, encore, au rayon des carrés.

« Pas possible, se dit Boris. C'est le monde renversé. Elle me drague ou quoi ?

Elle le draguait : comme il s'était finalement décidé pour un carré à motifs de voiliers et d'ancres, elle choisit le même.

Maintenant la vendeuse était partie à l'écart faire leurs paquets cadeaux respectifs. L'inconnue se rapprocha de Boris.

— Nous avons le même goût tous les deux, n'est-ce pas ?

Il la fixa. Il réfléchissait. Bon, ce devait être une amazone de luxe, une de ces bourgeoises de certains réseaux spécialisés dans une clientèle bien précise : les amateurs de beau monde. Il se mit à sourire :

— Tout dépend de ce que vous voulez dire...

L'inconnue partit d'un rire de gorge.

— Vous le savez très bien. Je vous intéresse, moi aussi.

Elle marqua un temps d'hésitation :

— Parce que vous m'intéressez, pardonnez-moi d'être directe. J'ai horreur des détours.

Boris eut une petite moue amusée.

— Ça, je l'ai compris depuis un moment.

La vendeuse revenait avec les paquets et les entraînait vers la caisse. L'inconnue dépassa Boris et fit demi-tour devant lui, lui barrant le passage.

— J'ai envie de vous, fit-elle d'une voix changée, devenue légèrement rauque. Envie tout de suite.

Boris se massa le menton et, plongeant le feu noir de ses yeux dans les yeux bleus de l'inconnue :

— Tu ne dois pas être donnée, toi. Au prix où sont les carrés ici, j'imagine même que tu comptes me rallonger le tarif pour rentrer dans tes frais d'approche.

En face, le rire était reparti, plus rire de gorge que jamais.

— Ça alors ! Ça ne m'était encore jamais arrivé. Me faire prendre pour une prostituée ! Irrésistible.

Elle se rapprocha, la bouche arrondie :

— Il y a totalement erreur, beau mec. Et puisque tu as tutoyé le premier, je continue : j'ai envie de toi. C'est tout. Et je ne te coûterai pas un sou.

Les paupières de la bourgeoise battaient :

— Alors, c'est oui ? Tu ne le regretteras pas.

Là-bas, la vendeuse les fixait, interloquée, avec ses paquets à la main. Fine mouche, l'air de tout piger. Elle se tourna vers la caissière :

— Regardez-les. Un grand roman d'amour qui commence.

Elle soupira :

— Veinarde. Je me l'enverrais bien, le grand brun... Evidemment, je ne fais pas le poids à côté de la princesse.

La caissière eut un haut-le-corps :

— Mademoiselle Sylviane, je vous en prie ! Un peu de tenue.

La blonde se mordilla un peu le pouce.

— Ah, on est pressé. On a peut-être un rendez-vous, mais on hésite...

C'était vrai que Boris était pressé. Le boulot... Mais la bourgeoise avait un regard à tenir ses promesses.

— Ok, finit-il par dire. Laisse-moi juste passer un coup de fil. Puis on va où ?

La blonde haussa les épaules.

— Chez moi, quelle question ! Mon mari n'est pas là et de toute façon, il s'en fout. Je suis en voiture et j'ai le téléphone dedans.

La voiture, rangée en double file devant chez Carita, à trois pas, était une Mercedes 300 gris clair, aux vitres teintées. Avec antenne téléphonique. Et chauffeur.

— Fais comme chez toi, dit la blonde en lui tendant le combiné. Et je me moque de ce que tu vas raconter là-dedans.

Elle lui posa carrément la main sur le pantalon.

— Tout ce qui m'intéresse est là. Oh, mais dis donc, tu as l'air monté comme un âne, toi...

Boris souleva la main d'autorité.

— Bon. Tu me laisses appeler tranquille ?

L'homme qu'il eut au bout du fil dans les embouteillages de la rue Royale ne fit aucune difficulté pour reporter leur rendez-vous de deux heures.

— Non, trois, corrigeait la blonde de la main.

— Bon, trois heures. Merci d'être compréhensif.

Quand il eut raccroché, la blonde se serra contre lui.

— Je m'appelle Béatrice. Et toi ?

Devant eux, le chauffeur conduisait en souplesse. Muet comme une taupe. Et pourtant, à l'arrière, Béatrice commençait à détailler pour Boris tout ce dont elle était friande, sexuellement s'entend. Le grand jeu total. Carrément.

— Ça te va comme programme ? conclut-elle avec gourmandise.

Boris haussa les épaules.

— Entre la promesse et la réalité, il y a une différence, non ?

La Mercedes sortait enfin de la place de l'Alma et remontait vers le Trocadéro. Il y a maintenant des embouteillages à toutes les heures dans Paris. Plus d'heures creuses... Et hop, encore un, à la hauteur du Palais de Tokyo. Boris se sentait très coupable, professionnellement, avec ce rendez-vous décommandé pour cause de bourgeoise blonde et dragueuse. Mais c'était plus fort que lui. La silhouette, tellement prometteuse sous l'imper. L'allure racée et salope à la fois. L'appel de l'inconnu. Il ne savait pas où il allait mais ce dont il était sûr et certain, c'était que là où il allait, il ne s'ennuierait pas. Et puis, ce piment supplémentaire d'avoir été dragué, lui le dragueur.

Béatrice lui attrapa le poignet.

— Tu poses une question et tu n'écoutes même pas la réponse.

Il sursauta : ah, elle avait donc répondu ? Lui, il ne voyait que les longues jambes gainées de nylon gris clair sous les pans du Burberry.

— Qu'est-ce que tu disais, fit-il avec effort.

Elle se mit à rire.

— Je te demandais si tu voulais voir déjà un bout de la réalité ?

Boris étudia les passants, de l'autre côté des vitres fumées de la Mercedes arrêtée au feu rouge.

— Pourquoi pas ? Puisqu'on ne voit rien du dehors. Sauf que ton chauffeur a un rétroviseur.

Béatrice haussa les épaules.

— Il s'en fout. Il est pédé. Bon, puisque tu insistes.

Elle alla se caler du dos au bord intérieur de la voiture et elle entrepris de déboutonner son imper.

— Tu vois, quand je drague, je suis toujours prête au pire. Ça te plaît ?

Elle n'avait pas dénoué la ceinture de son Burberry. Simplement rabattu à deux mains tout le haut en jouant des épaules. Deux seins laiteux s'offraient, avec leurs pointes fardées d'un rouge violent. Le soutien-gorge était entièrement découpé. Tout juste un triangle de lanières noires pour chaque sein.

— Touche, fit-elle d'une voix rauque.

Boris avança la main. Juste derrière la bourgeoise qui lui offrait sa poitrine, une vitre de portière et derrière la vitre, un couple âgé qui passait. Sans se douter une seule seconde de ce que cachaient les vitres fumées de la Mercedes. Le chauffeur pianotait son volant. Il avait dû en voir d'autres. Quand on a une patronne qui a le feu au cul, on devient blasé. Le feu passa au vert. Il démarra. Très doucement, pour ne pas renverser sa patronne par une accélération trop brutale. Elle se tordait sous la main de Boris, et déjà, ses seins gonflaient, pointes saillantes.

Après une petite minute de ce jeu-là, la blonde insista beaucoup pour montrer à Boris quel genre de slip elle portait, sous le bas de son imper largement écarté comme ses cuisses. Un string de dentelle noire. Fendu, évidemment.

— Touche... Ah... Touche mieux.

Entre la soie arachnéenne des pans du tissu, les lèvres du sexe sortaient déjà, tuméfiées, humides. Et Béatrice se tordait, renversée dans le cuir de son siège.

— Tu as déjà eu un clito comme ça sous la main, mon salaud ? Avoue ! Tu n'en as jamais eu !

Mais déjà, elle rabattait les pans de son Burberry, jouait des épaules pour se rhabiller complètement. La Mercedes s'était arrêtée. Une petite rue d'hôtels particuliers. Des nurses passaient sur le trottoir avec des landaus bleu marine à la capote levée : il recommençait à pleuvoir. Une petite pluie fine de mois d'avril pourri.

— Viens, geignit la blonde en attrapant les deux paquets cadeaux de chez Hermès. Je n'en peux plus.

Une vieille femme de chambre en tenue parfaite, tablier blanc et coiffe blanche, leur ouvrit.

— Odile, ordonna la blonde, que personne ne me dérange jusqu'à ce que je vous appelle.

Elle se tourna vers Boris.

— Tu viens ?

Boris examinait le décor de l'entrée. Splendide. Luxueux. Avec un escalier à rampe en fer forgé et à mi-étage, une tapisserie ancienne où des nymphes fessues jouaient à cache-cache derrière des arbres stylisés avec des fauves à pieds crochus.

— C'est beau, chez toi, fit-il.

Elle le tira par la main.

— Ce qu'il y a de plus beau ici, c'est mon cul. Dépêche-toi.

En se laissant tirer vers l'étage, Boris eut un rapide regard vers la femme de chambre. Elle regardait ailleurs. Blasée comme le chauffeur.

« Mince, se dit-il, je ne suis pas le premier. »

***

Le grand fauteuil Ruhlmann à montants de palissandre était installé au milieu de la chambre, face au lit immense, de pur style Art Déco, lui aussi, comme toute la pièce. Une bouteille de Dom Pérignon dormait dans son seau à côté de verres du même cristal de Baccarat. Ça sentait la cigarette anglaise et le lourd parfum poivré dont Béatrice s'était aspergée dès le début en entrant dans la salle de bains.

C'était elle qui avait eu l'idée du coup du fauteuil. Comme elle avait eu toutes les idées, depuis le début.

— J'adore remettre ça à la duc d'Aumale, tu es contre ?

Boris n'était pas contre. La blonde était géniale et à un moment, il avait recommencé à avoir des doutes. Il n'y avait qu'une professionnelle pour accomplir des fellations aussi savantes. Mais non, il délirait. Elle n'était quand même pas une louve, une louve des beaux quartiers. Il s'était fait lever par une bourgeoise très experte, et voilà tout. D'ailleurs, les prostituées ne vous reçoivent pas dans des hôtels particuliers. Avec femme de chambre apportant une nouvelle bouteille de champagne, très stylée, les yeux à terre, pendant que sa maîtresse continue à faire sans vergogne des galipettes avec un athlète brun.

Le duc d'Aumale, quatrième fils de Louis-Philippe, figure dans le *Petit Larousse* pour avoir enlevé la smalah d'Abd-el-Kader en 1843. Mais, dans l'histoire parallèle à celle du dictionnaire, il est célèbre pour bien autre chose. L'invention du coup du fauteuil. Réservé en principe aux vieux amants un peu fatigués qui laissent faire tout le travail de va-et-vient à la fille.

Cela dit, il existe des variantes musclées. Et bien entendu, c'était de ce genre-là que Béatrice voulait.

Boris, lui, était assis « normalement » dans le fauteuil. Elle, non. Elle lui faisait face, avec les jarrets passés par-dessus les accoudoirs auxquels elle s'appuyait pour monter et descendre sur le pal enfoui au plus profond d'elle-même. En même temps, elle dévorait la bouche de Boris, visage noyé sous ses mèches blondes qui auraient besoin d'une sérieuse remise en plis ce soir. Bien entendu, Boris, lui, était chargé de s'occuper de sa poitrine à deux mains. Il s'acquittait de son travail très volontiers. Les seins étaient fabuleux comme le reste. Ça faisait quatre fois qu'ils se prenaient tous les deux et les seins de Béatrice réagissaient à la caresse exactement comme au début. Aussi durs et les pointes dressées. Elle grognait, elle le mordait.

Et puisqu'ils avaient choisi la version musclée de la méthode du duc, il prenait sa part du mouvement, se soulevant parfois si violemment à coups de reins qu'elle hurlait qu'il allait la déchirer. Alors, il s'arrêtait.

— Non, idiot, continue ! Plus fort !

OK, il y allait encore plus fort et elle se mettait à débiter des obscénités comme il en avait rarement entendu.

A un seul moment, elle le supplia d'arrêter :

— Je ne peux plus me retenir. Je vais partir... Non pas encore... Attends.

Elle ne lui mangeait plus la bouche qu'à petits coups de lèvres.

— Qu'est-ce que tu es fameux... Qu'est-ce que tu as eu raison d'aller acheter un carré chez Hermès.

Il restait toujours aussi raide en elle.

— Elle ne doit pas s'ennuyer avec toi, celle à qui tu offres ce carré.

Boris sourit, pensant à Jeannette Brichot. La digne et douce mère de Rose et Colette, les jumelles dont il était le parrain, et qui était la reine des mères de famille dans son F5 du Kremlin-Bicêtre...

Mais déjà Béatrice refaisait surface.

— Allez, on recommence.

Et c'était reparti. La chevauchée fantastique face à face dans le fauteuil Ruhlmann.

Quand Béatrice se mit à hurler pour de bon, Boris se dit, l'espace d'une seconde, qu'on devait l'entendre de l'autre côté de la rue. Enfin, elle retomba, molle et trempée comme une serviette contre lui.

Déjà, il se dégageait.

— Non, geignit-elle. Pas encore. Je sonne Odile. On va reprendre des forces.

Il secoua la tête :

— Les trois heures sont passées. J'ai un rendez-vous. C'est important.

Elle soupira :

— Pourquoi faut-il que les hommes travaillent ? Je veux dire les hommes comme toi.

Boris la souleva doucement pour la séparer de lui et il alla la porter jusqu'au lit où elle s'effondra à plat ventre.

— Merci quand même, fit-il.

Elle se souleva sur les coudes.

— Dommage que je parte en voyage demain pour quinze jours. Et avec mon mari, la barbe. Je t'aurais bien revu demain.

Il griffonna son numéro de téléphone privé sur un bloc à côté du téléphone.

— Appelle-moi à ton retour. Je suis sur répondeur.

Elle se lova contre lui en frottant ses seins à sa veste.

— Compte sur moi, beau mec.

Elle rit en cherchant ses lèvres.

— Non mais, le salaud qui me demandait combien j'allais le faire payer...

Elle s'arracha à lui et courut jusqu'à la commode où elle attrapa les deux paquets de chez Hermès.

— Tu allais oublier. Tiens, prends le mien aussi.

Il se recula.

— Je t'en prie.

Elle lui colla d'autorité les deux paquets dans les mains.

— Ne discute pas. C'est pour te punir de m'avoir prise pour une pute.

Il était sur le seuil quand elle le rappela.

— Encore un instant. J'ai oublié de te lire les lignes de la main. Je les lis toujours à mes amants. Viens.

Boris s'immobilisa : la blonde encore nue qui l'avait obligé à lui offrir sa paume droite s'était mise à trembler.

— Qu'est-ce qui t'arrive ? dit-il. De toute façon, je ne crois pas à ce truc-là.

Béatrice haussa lentement les épaules.

— Tu as bien tort. Parce que ce que je vois dans ta main n'est pas fameux-fameux.

Boris se sentit tout de même remué.

— Dis toujours...

Elle s'absorbait dans la contemplation de sa paume.

— Je vois du danger. Très bientôt.

— Quel genre ? Un accident ?

— Non, pas exactement. Un piège dans lequel tu risques de tomber. Mais attends, il faut que je vérifie.

Elle lui écarta bien la main.

— Ah, cette croix sur le mont de Vénus. Une femme. Avec un grain de beauté... A l'aine...

Boris retira sa main en éclatant de rire :

— Tu te fiches de moi ou quoi ? Tu ne vas pas me dire qu'on voit jusqu'aux grains de beauté dans la main !

Béatrice était retournée s'asseoir sur son lit et elle se croisait frileusement les bras.

— Les lignes de la main, ça s'interprète, murmura-t-elle. Tu ne devrais pas rire.

Boris vint lui lisser les cheveux.

— Allons, fais bon voyage et appelle-moi au retour. Je serai toujours là, va.

Béatrice hocha la tête :

— Espérons... Bon, le chauffeur va te reconduire.

Elle lui fit un petit signe de la main. Comme quand on dit adieu. Et elle décrocha son téléphone.

— Odile ? Que Jérôme raccompagne ce monsieur.

Il pleuvait toujours quand Boris s'installa à l'arrière de la Mercedes 300.

— Où dois-je conduire Monsieur ? fit le chauffeur sans se retourner.

Boris lui donna l'adresse, avec un dernier regard à la façade de l'hôtel particulier. Puis, au moment où la limousine quitta la rue, il chercha la plaque : rue de la Faisanderie. Une des rues les plus chics du seizième arrondissement. Il consulta sa montre : dix-huit heures trente, il ne serait qu'un peu en retard à son rendez-vous. Tout ça à cause d'une dingue de ligne de la main. Dingue d'accord, la bourgeoise, mais drôlement bonne affaire au lit.

Il se sentait idiot avec ses deux carrés de chez Hermès. A qui offrir le deuxième ? A Ghislaine, sa régulière ? Elle connaissait Jeannette. Ça ferait bon effet qu'elles se rencontrent un jour avec le même foulard sur la tête. Les femmes ont horreur de ça. Surtout venant du même homme. Alors, l'offrir à sa vieille maman, à Audierne ? Pas son genre les foulards d'Hermès. A Rose et Colette ? On n'offre pas un foulard pour deux. Bon, il le mettrait au placard et il aviserait.

***

Rose et Colette réapparurent sur le seuil du living familial. Toujours aussi jeunes et vêtues pareil. Elles avaient terminé la vaisselle.

— On peut rester encore un peu avec Boris ?

Jeannette soupira :

— Vous avez vu l'heure ? Presque onze heures. Allons, soyez raisonnables. Au dodo.

Rose et Colette prirent l'air vaincues, et elles firent le tour des bisous. En frôlant l'une après l'autre le carré sur la table devant leur maman.

— Dis Boris, tu nous en offriras aussi quand on sera grandes ? Qu'est-ce que c'est beau.

Restés seuls entre grands, Aimé Brichot alla chercher les alcools.

— Tiens, goutte ça, Boris. C'est du berrichon. Pure fabrication famille.

Quelques claquements de langue et puis Boris se tourna vers Jeannette.

— Tenez, il faut que je vous raconte une histoire à tous les deux :

Jeannette sourit :

— Une histoire de fille ? Ah... Je vois. Mais allez-y, je ne suis pas bégueule sous mes airs de nounou.

Boris se gratta la nuque :

— Ce n'est pas uniquement une histoire de fille. C'est une histoire de lignes de la main.

A la fin de l'histoire, Jeannette n'avait plus du tout son sourire amusé.

— Mais je n'aime pas ça. Les lignes de la main, j'y crois, moi. Ça m'inquiète.

Son mari remonta d'un geste ses lunettes Amor de myope léger sur son nez et il se tira un peu la moustache. Signe d'agacement léger, chez lui.

— Allons, Jeannette, tu ne vas pas me dire que tu y crois, à ces sornettes !

Boris se leva et vint s'asseoir à côté de Jeannette.

— Eh bien, on va tirer tout ça au clair. Vous savez lire dans la main ?

— Oui, un peu.

— OK, allez-y.

Jeannette attrapa la main qu'il lui tendait paume ouverte, et elle se concentra.

— Alors, la voyante ? lança gaiement Boris.

Jeannette releva la tête. Cette fois, elle était radieuse.

— Elle s'est moquée de vous. Je n'ai jamais vu une telle ligne de chance.

Boris referma sa main autour de son verre, qu'il leva.

— Merci, Jeannette. Je commençais à avoir des doutes.

Aimé Brichot toussota.

— Question : pourquoi elle t'a raconté des salades ? D'après ce que tu nous dis, elle avait l'air sérieuse en te débitant toute son histoire.

Boris lampa une petite gorgée d'alcool de prune :

— Fameux... Bon, elle s'est trompée, c'est tout. Ne va pas chercher midi à quatorze heures.

Il se leva en s'étirant.

— Jeannette, le navarin était super, comme toujours. Bravo. Moi, je me rentre. Direct au dodo.

Jeannette se mit à rire.

— Sacré Boris, allez ! Et merci pour le carré. Je n'ai jamais eu un foulard aussi beau de ma vie. Vous avez fait une folie.

*
**

Rue de Turbigo, Boris poussa un juron en tournant le bouton de sa porte jamais fermée à clé : à quoi bon ? Il n'avait rien à voler d'autre qu'une vieille platine et un poste radio qui ne valaient ni le prix d'une assurance ni celui de la réparation d'une serrure forcée.

Un petit détail ménager venait de lui revenir à l'esprit. Il avait encore oublié. Le teinturier. Quinze jours qu'un costume et deux pantalons l'attendaient. Ce qui voulait dire : plus grand-chose à choisir d'autre dans sa garde-robe.

Il referma la porte et tourna tout de suite à droite. Le bahut campagnard. Au milieu, un petit vase ébréché dans lequel il jetait sa monnaie et tout ce qui lui sortait des poches. C'était là qu'il avait mis aussi le ticket du teinturier, il y avait quinze jours. Cette fois, il allait le sortir et le punaiser sur la porte. Comme ça, il le verrait demain matin en s'en allant.

Boris poussa un deuxième juron.

— M... où j'ai bien pu le fourrer ?

Le ticket avait disparu. Boris fouilla un peu partout.

Table de nuit, désordre d'objets divers sur le marbre de la commode. Rien. C'était malin d'avoir perdu ce ticket. Le teinturier lui ferait la gueule. Et ce serait compréhensible. Rien de plus énervant que de se promener entre des cintres avec un client qui cherche à reconnaître ses affaires.

Cinq minutes plus tard, Boris avait tout oublié. Le sommeil tombe rapidement sur les hommes à femmes, quand ils sont repus. Et même si leur dernière conquête leur a lu un avenir sombre dans les lignes de la main.

CHAPITRE II

36 quai des Orfèvres, l'inspecteur principal Aimé Brichot, de la section des Affaires Recommandées, la section reine de la Brigade Mondaine, se mit à courir dans la cour entre les voitures et les motos.

Il ralentit très vite. Ses Churchs toutes neuves étaient encore trop raides de la semelle, mais il fallait bien les casser. Un petit supplice de quinze bons jours encore. Elegance british oblige...

Il réussit tout de même à rattraper Boris Corentin, sa flèche, autrement dit son chef d'équipe, sur le seuil de l'escalier A, à gauche dans la cour. Et ils entreprirent de gravir ensemble les marches recouvertes de gerflex grisâtre avec un rebord métallique. Le gerflex était plus usé que jamais, avec des creux réguliers qui s'accentuaient jour après jour.

— Alors, tu as récupéré ? fit Aimé, assez enjoué.

Ils en étaient à mi-hauteur de l'escalier, là où la porte, à droite, donne accès à l'intérieur du Palais de Justice proprement dit.

Boris pencha sa haute silhouette sur le petit berrichon plus anglomane que jamais avec son pantalon Prince de Galles vert bouteille et sa cravate jaune dans l'échancrure de son blouson de daim acheté en solde chez « Good Life » et retaillé à ses mesures par une copine de Jeannette très adroite de ses mains, et de ses ciseaux.

— Tu me prends pour un vieux ou quoi ?

Aimé soupira : Boris était frais comme un gardon qui sort de trois semaines d'hibernation. Ah, s'il avait cette santé...

Au deuxième étage, ils passèrent sans problème par le sas en verre épais sévèrement gardé aujourd'hui. Puis ils dépassèrent l'EMPJ (1), la salle des transmissions et le bureau du dirlo. Au fond du couloir, c'est la Brigade Mondaine, avec un escalier tournant permettant l'accès aux locaux supplémentaires récupérés sur la Brigade financière. Boris et Aimé passèrent devant la cage vitrée des gardes à vue et Boris s'arrêta dans le couloir aux murs beige clair sous le plafond équipé de rampes au néon. Devant le distributeur de boissons et de sandwiches.

— J'ai une faim de loup. Je te rejoins tout de suite.

Quand Boris entra dans le bureau des Affaires Recommandées, son sandwich à la main, toute l'équipe dont il était le chef de service depuis son accession au grade d'inspecteur divisionnaire, était au complet. Avec surtout, outre Aimé Brichot, la fine équipe de Rabert le Gros et Tardet le maigre, et puis André Courtat, le nouveau, recrue personnelle de Boris. Installé dans le skaï vert de son siège métallique tubulaire, Aimé Brichot potassait déjà ses dossiers du jour, sur son bureau en bois recouvert de plastique imitant le chêne clair. Un peu plus loin, Rabert était en

(1) Etat-major de la Police Judiciaire.

grande conversation radio avec un collègue en opération quelque part dans Paris. La lampe rouge de son Storno (1) de marque Motorola frétillait, signe que le système de décodage du brouilleur d'onde destiné à rendre impossible toute écoute sur TNZ 2, l'indicatif Police judiciaire sur 450 MGH, la fréquence de la police, fonctionnait comme il le fallait.

Boris referma la porte derrière lui en lançant un bonjour sonore et il s'apprêtait à se diriger vers son bureau quand un des deux téléphones posés sur le classeur vert où Tardet cherchait une fiche se mit à sonner. Tardet décrocha. Pour se tourner aussitôt vers Boris.

— C'est pour vous. C'est Baba (2).

Boris attrapa le combiné :

— Bonjour, Patron... Ah, je viens tout de suite. Et Aimé Brichot aussi. Très bien, à vos ordres.

Rabert s'était rapproché de lui. Il attendit que Boris ait raccroché :

— Alors, il paraît qu'on s'envoie des diseuses de mauvaise aventure, maintenant ? fit-il avec un clin d'œil gras.

Boris vira du buste vers Aimé Brichot.

— Toi, mon salaud de Saint Jean bouche d'or, tu ne perds rien pour attendre ! Viens, Baba nous réclame.

***

Dès l'entrée dans le grand bureau meublé Empire par le Mobilier National, Boris et Aimé pigèrent qu'il y

(1) Nom de l'appareil radio portatif en contact direct avec les inspecteurs en planque.

(2) Surnom, chez ses inspecteurs, du commissaire divisionnaire Charlie Badolini, chef de la Brigade Mondaine.

avait du grave dans l'air. Un petit rien qui flottait comme ça, dans l'atmosphère. Le patron était seul, sans ses adjoints. Et il mâchait nerveusement son chewing-gum à la nicotine, sa nouvelle lubie depuis quelque temps pour essayer de se faire passer le goût de la Celtique maïs, son seul vice. Avec son amitié indéfectible pour Boris et Aimé, ses deux inspecteurs préférés.

Charlie Badolini leur indiqua les deux fauteuils en face de lui. Et puis :

— Vous avez entendu parler du professeur Jean-Bernard Poussin ?

— Bien sûr, Patron. Le cardiologue.

— Exact. Vous ne le savez peut-être pas, mais après la mort dans un accident de voiture de son épouse depuis vingt ans, il s'est remarié avec une jeunesse. Une ravissante jeune femme de vingt-cinq ans aujourd'hui qui se prénomme Elizabeth et dont la famille pèse très lourd. Vignobles dans le Bordelais, etc...

Aimé croisa les jambes.

— Il a bien de la chance, le professeur.

Charlie Badolini le fusilla du regard.

— Monsieur Brichot, je vous dispense de vos commentaires.

« Aïe », se dit Boris. En privé, le Patron les appelait tous les deux par leur prénom. Et même ici, parfois...

Charlie Badolini s'octroya un chewing-gum à la nicotine supplémentaire.

— Elizabeth Poussin a été retrouvée morte hier soir dans un studio de la rue de la Pompe qui n'est pas du tout son adresse officielle. Morte étranglée.

Il marqua un temps d'arrêt.

— Par un client, selon toute vraisemblance. Et ça s'est passé dans l'après-midi.

Boris arrondit les yeux :

— Un client ?...

— Oui. Elle se prostituait. C'était une Belle de jour. Le propriétaire du studio, une dénommée Blanche Castelli, dont je vois que le nom vous dit quelque chose, au passage, a tout raconté aux collègues de la Crim (1) qui ont fait le constat et relevé les premiers indices. La femme du professeur se prostituait depuis un an, un après-midi sur deux dans ce studio. Et bien sûr, le mari ne se doutait de rien.

Charlie Badolini s'arrêta de mâchouiller.

— Parce qu'on a bien été obligés de le prévenir, évidemment. Ça a été dur, croyez-moi. Avant d'être étranglée, sa femme a été massacrée. Un vrai maniaque. Du genre lame de rasoir, je vous passe les détails.

Boris se mordit les lèvres.

— On a découvert ça quand ?

— Hier soir.

Il tapota une chemise rose sur son sous-main.

— J'ai déjà là un rapport très complet. Par exemple, je peux vous dire que la jeune femme n'a pas été exactement étranglée. On lui a écrasé le larynx. A la façon commando, vous voyez ?

Boris alluma une Gallia.

— Je vois, Patron. J'ai été commando à l'armée.

Il désigna de la main la chemise rose :

— Si le rapport est très complet, on a peut-être déjà des indices ?

(1) La Brigade Criminelle. Toujours chargée en priorité des affaires de meurtre.

Charlie Badolini fixa droit dans les yeux son inspecteur bien-aimé entre tous, celui qu'il aurait rêvé d'avoir pour fils, lui qui n'avait pas d'enfants.

— Oui, on en a. Pas plusieurs pour l'instant. Un seul. Mais qui est beaucoup plus qu'un simple indice. Quelque chose qui est tombé d'une poche.

Il marqua un temps d'arrêt.

— Un ticket de teinturier. Et pas n'importe lequel. Sur le talon correspondant fourni ce matin même par ledit teinturier, il y a un nom. Et c'est Corentin. Votre nom.

Boris attendit que la péniche des Sapeurs-pompiers se soit complètement engagée sous le pont Saint-Michel, de l'autre côté des vitres, pour se retourner. Il fallait absolument se dominer. Reprendre son contrôle. Il enfonça les poings dans ses poches à les déchirer.

— Une question, Patron. Est-ce qu'il vous est venu une seule seconde à l'esprit que ça puisse être moi ?

Charlie Badolini haussa les épaules.

— Arrêtez de déconner. Le problème n'est pas là. Le problème s'appelle pétrin, si vous voyez ce que je veux dire.

Il agita la main.

— Et puis, donnez-moi une de vos cigarettes en foin. Ce sera toujours mieux que rien.

Il se rassit en tirant rageusement sur sa Gallia.

— Bon, faisons le point. Un : il y a un professeur ultra connu sur la place de Paris qui apprend en même temps que sa charmante bourgeoise d'épouse est une Belle de jour et qu'elle a été suppliciée à mort. Deux : il y a un flic de la Mondaine et pas des moindres, qui est le suspect numéro un. D'accord, les collègues ne vont pas marcher. Tout le monde à la Maison, parmi les rares au courant, rassurez-vous, ont pigé qu'il y a un piège. Reste à savoir lequel. Et vite. La justice, c'est la justice, hein ? Et le ticket de teinturier, c'est le vôtre. Il va falloir se grouiller avant que tout ça ne prenne les proportions d'une tuile grosse comme Beaubourg.

Il s'arrêta :

— Ah, vous alors, avec votre manie de laisser votre porte ouverte...

Aimé s'était rapproché de Boris :

— T'inquiète, vieux frère. On va arranger tout ça. Fais nous confiance.

Boris haussa lourdement les épaules.

— Tu te rends compte ? Tu te rends compte ?...

Il se mit à taper sur le bureau à le fendre en deux.

— C'est à moi de les retrouver, les salauds ! A moi seul !

Charlie Badolini écrasa son mégot dans le cendrier.

— Surtout pas. Ils n'attendent que ça.

— Qu'est-ce que vous voulez dire ?

Charlie Badolini lui fit signe de lui redonner une Gallia.

— Je peux comprendre que, sous le choc, vous perdiez un peu la tête. Mais calmez-vous. On va raisonner ensemble. Bon. Il y a un coup fourré. Contre vous. Mais contre nous tous aussi. De la part de qui ? Vous n'allez pas le trouver tout seul. Ils vous surveillent. Ils vont vous filer entre les pattes comme de l'eau. Non, on va tous s'y mettre. Une chose est sûre : c'est une vengeance. On va chercher. Et on va arrêter la casse avant qu'il ne soit trop tard. On va bien chercher. D'accord, ils doivent être nombreux, les salopards que vous avez coincés un jour et qui ne rêvent que d'avoir votre peau, mais on trouvera le bon.

Boris se laissa aller dans son fauteuil.

— Mémé ? Tu te rappelles, le coup des lignes de la main... Finalement, c'est Jeannette qui n'y connaît rien.

Charlie Badolini écarquilla les yeux quand ils l'eurent mis au courant :

— Ça alors... Ma femme aussi croit aux lignes de la main.

Boris ne l'écoutait plus :

— Patron, juste un détail. Mais dites-moi une chose. Dans la description de la Belle de jour, dans le rapport, est-ce qu'on ne parle pas d'un grain de beauté à l'aine ?

Charlie Badolini se lécha l'index et commença à tourner des pages.

— Ah, j'y suis... Bon Dieu, mais oui. Du côté gauche.

Boris se leva :

— Mémé, envoie-moi ton poing dans la gueule. Je t'en prie, sors-moi de ce cauchemar.

Aimé Brichot fit ce qu'il ne faisait pratiquement jamais. Pas envoyer son poing dans la figure de quelqu'un. Demander une cigarette lui aussi.

— Ta bourgeoise, si calée pour découvrir un grain de beauté dans ta main, elle avait vraiment l'air d'une bourgeoise ?

Boris se sentit blêmir.

— Nom de Dieu, je suis le roi des cons. Moi, me faire avoir comme un bleu. Mais bien sûr, elle est dans la combine.

Charlie Badolini toussota :

— Ravi, au moins, de vous voir reprendre tous vos esprits. Vous avez raison, mon cher Boris. Vous vous êtes fait avoir comme un bleu. Vous vieillissez.

Boris admit d'un mouvement de la tête excédé :

— D'accord, Patron. Mais alors, pourquoi m'avoir fait cette prédiction en forme d'avertissement ?

Le chef de la Brigade Mondaine sourit :

— Mon cher Boris, je me suis laissé dire que vous saviez rendre les femmes folles de vous. La fille a eu un remords. Elle vous a lancé un message. Et si elle n'a pas pu aller plus loin, c'est que c'est vraiment la grosse affaire. La très grosse affaire. Et qu'elle y joue elle-même sa peau.

Aimé Brichot tirait comme un perdu sur sa Gallia :

— Il y a un truc que je ne pige pas. Quel est son rôle ? Bloquer Boris pour laisser des complices entrer chez lui et faucher l'indice ? Ridicule. Il suffisait de voir Boris sortir et d'entrer après.

Charlie Badolini s'assombrit.

— Bien sûr. Il y a autre chose. Espérons que ça ne sera pas trop grave pour vous, Boris.

Boris se mit à arpenter la pièce.

— Vous avez une intuition, Patron ? Je le vois bien.

— Non. Pas d'intuition. Une crainte seulement. Mais dans quelle direction ? Je n'en sais rien.

Aimé Brichot se leva à son tour.

— En tout cas, dans cette histoire à dormir debout, une chose est sûre : Boris était chez une fille hier après-midi. Et pas chez une autre. Il peut le prouver. Tout ça devient de plus en plus ridicule.

Le patron de la Brigade mondaine alla s'intéresser à son tour au paysage parisien derrière les vitres.

— Ridicule... dites-vous. Si vous saviez ce que je souhaite que vous ayez raison.

Il leur fit face.

— Boris, quelles sont vos chances de prouver, je

veux dire prouver officiellement, que vous étiez hier après-midi, à l'heure de l'assassinat, dans les bras d'une autre femme que cette Elizabeth Poussin ?

Boris soutint son regard.

— Allons, Patron. J'ai déjà compris. Elles ne sont pas très nombreuses, mes chances...

Une main nerveuse lui attrapa le poignet. Aimé Brichot :

— Mais enfin, on va finir par croire que tu nous racontes des salades. Il existe ou non, cet hôtel particulier ? Et ce chauffeur, et cette femme de chambre ! Et cette blonde qui a acheté exprès le même foulard que toi chez Hermès ! Et cette Mercedes 300 avec téléphone et vitres fumées !

Boris se dégagea doucement.

— Oui, bien sûr, tout ça existe. Mais est-ce que ça existe encore...

Brichot se prit la tête à deux mains.

— Tu sais ce qu'on va commencer par faire tous les deux ? On y va, à ton hôtel particulier. Et on n'en bouge plus jusqu'à ce que la salope revienne.

Les yeux de Boris fixaient le vide.

— Elle est partie. Aujourd'hui... Pour quinze jours avec son prétendu mari.

— D'accord, mais l'hôtel particulier, il est enraciné dans le sol, lui. Il ne peut pas partir. Suis-moi, on y va tout de suite. Ils vont cracher, les domestiques. Ils t'ont vu, non ?

Boris se tourna vers le petit Niçois derrière son bureau immense :

— Qu'est-ce que vous en pensez, Patron ?

Charlie Badolini s'assit :

— Allez-y toujours. Moi, je mets des cierges.

⁂

Rue de la Faisanderie, Boris repéra tout de suite l'hôtel particulier.

— C'est là-bas, fit-il vers Aimé Brichot. Mets-toi sur le bateau. La Mercedes n'est pas là.

Une camionnette de chez Lenôtre était rangée en double file juste à côté. Avec des allées et venues de livreurs, les bras chargés de plateaux de petits fours et bouteilles de champagne et d'alcool.

— Elle n'est pas partie ! s'exclama Brichot. Elle donne une réception ce soir. Au fait, son nom de famille ?... Ah... Tu ne sais même pas. Malin.

Il s'avança vers le portail grand ouvert, en rectifiant son nœud de cravate.

— Hé, vous ! fit un des livreurs en veste blanche. Qu'est-ce que vous voulez ? On n'entre pas ici comme dans un moulin.

Aimé Brichot lui adressa son plus beau sourire.

— Je suis un ami de la patronne. Un ami fleuriste pour tout vous dire. Elle m'a appelé.

L'homme le fixa :

— Ça va pas la tête ? Quelle patronne ? Et quel fleuriste ? Les fleurs sont déjà arrivées pour le mariage.

L'homme se pencha sur le petit chauve si drôle avec sa calvitie et sa moustache, et surtout son inébranlable tenue british plus vraie que nature.

— Il n'y a pas de patronne, ici, tu piges ? C'est un endroit qui se loue à la journée. Et aujourd'hui, c'est pour un mariage. Tu aurais intérêt à te tirer tout de suite. On a horreur des types qui repèrent les lieux. Tu vois ce que je veux dire ?

*
**

Dans la cabine publique, au coin de la rue, le combiné du téléphone tremblait dans la main d'Aimé Brichot.

— Oui, Patron. Bien sûr, Patron. Oui, on y est jusqu'au cou... Boris ? Oui, je lui ai dit pour l'hôtel particulier loué à la journée. Comment il réagit ? On dirait qu'il a vieilli de dix ans... Comment ? Il faut qu'on revienne dare dare ?... Pourquoi ?... Ah, on verra bien. OK, Patron. On revient, mais je vous en prie, ménagez-le.

A l'autre bout de la ligne, Charlie Badolini raccrocha très lentement. Il avait sous les yeux un nouveau rapport tout frais. Les empreintes digitales relevées sur le verre à dents de la tablette de la salle de bains du studio où Elizabeth Poussin, épouse d'un médecin réputé et Belle de jour passait un après-midi sur deux, n'étaient pas celles de la jeune femme. Mais celles de l'inspecteur divisionnaire Boris Corentin, de la section des Affaires Recommandées de la Brigade Mondaine.

Et cette fois, l'inspecteur de la Crim qui lui avait apporté une photocopie du rapport s'était permis, avec un certain sourire, une réflexion qui n'était que l'avant-goût de beaucoup d'autres à suivre.

— Eh bien, monsieur le Divisionnaire, si vous me permettez... Moi, je n'aurais jamais cru ça de lui.

CHAPITRE III

Tous les matins à huit heures pétantes, Blanche Castelli, soixante ans, sortait dans sa BMW blanche du garage de son immeuble, rue de la Pompe avec Arnaque, son briard gris assis à côté d'elle sur le siège avant droit. Quant à elle, elle était vêtue d'un de ses innombrables survêtements de jogging, avec une couleur différente pour chaque jour de la semaine, puisqu'elle allait courir au Bois, même le dimanche. Elle pila devant la haute silhouette qui lui interdisait de passer du trottoir à la rue proprement dite. Elle pressa aussitôt une touche de commande et sortit sa tête toute frisottée gris au-dessus de la vitre baissée :

— Boris ! Si je m'attendais !

Boris se rapprocha.

— Blanche, j'ai besoin de te parler. Emmène-moi, c'est sérieux.

Elle calma de la main droite son briard qui commençait à aboyer.

— Hop, saute derrière. Et pas d'histoire. C'est un ami.

Boris s'installa à côté d'elle.

— Tiens, fit-elle, tu n'es pas en tenue. Tu as arrêté le jogging ?

Elle n'insista pas :

— Ah, c'est donc bien sérieux. Je ne t'ai jamais vu avec cette tête-là.

Blanche Castelli. Une très vieille connaissance. Et qui avait déjà beaucoup roulé quand Boris l'avait connue, à Pigalle, tout au début de son entrée comme stagiaire à la Brigade Mondaine. Ça faisait bien quinze ans. Elle lui avait beaucoup appris. Et toujours réglo avec ça. En échange de quoi il l'avait aidée à ce qu'on ferme les yeux, à la PJ, sur certains petits trafics : son briard ne s'appelait pas Arnaque pour rien. Résultat de tout ça, elle coulait des jours heureux aujourd'hui, avec de confortables revenus de location de studios un peu partout dans Paris. Y compris dans l'immeuble de la rue de la Pompe qui lui appartenait du parking aux chambres de bonne.

Boris l'observa de biais.

— Blanche, je suis dans le pétrin.

***

La BMW était maintenant arrivée devant le Pavillon du Lac. Blanche chercha une place.

— Allez, va faire ton tour du lac, dit Boris d'une voix lasse. Aucune importance que tu sois mal rangée. Je m'occupe des poulets.

Elle coupa le contact.

— Ah, non, pas question de jogging aujourd'hui. On cause tout de suite de ton cas.

Boris lui fit merci d'une brève inclinaison de tête.

— Et encore, je ne t'ai pas tout dit. Hier soir, on m'a

demandé de donner du sperme dans une éprouvette. Histoire de comparer avec celui trouvé dans le ventre de la Elizabeth Poussin. Tu me vois, tout seul, avec ma main droite, dans un bureau avec envie de tout autre chose que de leur fournir ce qu'ils me réclamaient... Bon, j'y suis arrivé. Résultat dans la journée. Je le connais d'avance. Evident que la supposée Béatrice a fourni mon sperme à ceux qui... Et que c'est de la même fabrique dans l'éprouvette et dans la morte. Bravo, les progrès de la science. On identifie un type aujourd'hui juste à son sperme. Au groupe sanguin, à la vitesse de sédimentation et à ce qu'ils appellent les éthers volatils. Il paraît même que c'est encore plus fiable que les empreintes digitales.

Arnaque piaffait sur le siège arrière. Il le voulait, lui, son jogging. Boris ouvrit la portière.

— On va se promener. Ça lui fera du bien, à moi aussi.

Des joggers les doublaient, des cyclistes passaient en leur jetant des gouttes de sueur. Blanche tirait ferme sur la laisse pour retenir Arnaque qui pigeait de moins en moins qu'elle ne démarre pas sur ses Nikes à coussin d'air. Des prostituées pour clients qui ont besoin de se clarifier un peu les idées avant d'aller au bureau les regardaient, sans se douter le moins du monde que la vieille sportive si bien conservée était une ancienne collègue.

— Je récapitule, commença Blanche. Tu t'es fait rouler par la fille uniquement parce qu'on voulait ton sperme. Pour le verre à dents, je parie qu'il est du même modèle que celui qui n'a soi-disant pas changé de place chez toi. Quant au ticket du teinturier, c'est gros comme coup. Mais ça marche toujours.

Elle soupira :

— Tu t'es quand même fait avoir comme un bleu par ta Béatrice. Ça m'étonne de toi. Tu vieillis.

Boris shoota dans un caillou.

— Arrête, j'ai déjà entendu cette chanson. Si tu veux vraiment m'aider, arrête ! Bon, merci... Alors, passons aux choses sérieuses. La femme du toubib a été assassinée dans ton immeuble. Dans un studio à toi. Je ne te demande pas si tu as vu les types ou pas. Evident que tu ne les as pas vus. L'après-midi, tu es au massage chez Carita, je le sais. Je sais aussi que tu as dit tout ça aux collègues. Et aussi que tu ne connaissais pas Elizabeth et qu'elle te réglait le studio en liquide etc.

Il s'arrêta et la retint par la main.

— Blanche, je suis vraiment dans le pétrin. Au moindre bruit qui filtre sur tout ça à la Maison, c'est la tornade. Le copains ne pourront pas retenir le coup très longtemps. On n'a pas que des amis à la PJ. Je vais être jeté comme une chaussette trouée. J'irai en taule, tu piges. En taule !

« Alors, rancarde-moi si tu en sais un peu plus. Tu me connais, je m'arrangerai pour qu'il n'y ait aucune retombée sur toi.

Blanche Castelli raccourcit la laisse à enrouleur de son briard : il s'intéressait d'un peu trop près à une petite bâtarde de rien du tout.

— Ça va, j'ai confiance en toi. Bon, je ne vais pas te mentir. Je ne sais vraiment rien. Comme tu l'as dit, je ne suis jamais là l'après-midi.

Boris s'arrêta :

— Blanche... Ne te fiche pas de moi. Tu ne payes pas seulement ta femme de ménage pour passer le plumeau sur tes bibelots. Tu vois, on sait beaucoup de choses à la Mondaine. Ne me force pas à l'interroger, elle. Elle te note la gueule des clients qui entrent et qui sortent. Ou celle de ceux, ou de celui, qui viennent récupérer la fille pour la comptée.

Blanche se mit à rire :

— Tu ne vieillis pas tellement que ça ! Toujours aussi finaud, le flic. Bon, puisque tu insistes.

Elle alla s'asseoir sur un banc.

— J'imagine que ce n'est pas tellement la gueule des clients d'Elizabeth qui t'intéresse, mais celle du julot qui venait de temps en temps la chercher après le boulot ? Très bien... Il est petit et blond, la trentaine. Porshe Carrera bleu nuit.

— Le nom ?

La vieille arnaqueuse en survêtement se passa la main dans les cheveux.

— Aucune idée.

Elle rit :

— Je t'assure. N'insiste pas. Je t'assure que je n'en sais rien.

— Parfait. Et le client d'avant-hier, il était comment ?

Blanche marqua un temps d'arrêt.

— Celui qui est monté avec Elizabeth est un costaud style turc, tu vois le genre. Bon... Celui qui est arrivé une heure après est un grand chauve rouquin, c'est tout ce que je peux te dire.

Boris se passa la main sur les yeux. Le premier, c'était le tueur. Le second, le porteur du ticket, du verre à dents. Et du sperme fourni par Béatrice. Le sperme de Boris Corentin sans doute dans une éprouvette. Ou un pot à yaourt...

— Elizabeth ne venait qu'un après-midi sur deux, n'est-ce pas ?

— Oui, je l'ai déjà dit à tes collègues.

— Et les autres après-midi ? La même fille ou plusieurs ?

— Plusieurs, mais le plus souvent, la même.

— Qui ? Une autre bourgeoise ?

Arnaque cherchait à monter sur Blanche. Elle le laissa faire.

— Oui... Et tu veux le nom, bien sûr ? Et l'adresse. Qui te dit qu'elle sait quelque chose ?

Boris se pencha :

— Tu veux vraiment toujours m'aider ?

La vieille de Pigalle rangée des voitures le fixa :

— Qu'est-ce que je peux faire d'autre, crétin ?

***

A son retour Quai des Orfèvres, Boris ne fut pas réellement surpris que le planton du deuxième étage lui dise que le commissaire divisionnaire Charlie Badolini l'attendait toutes affaires cessantes.

Il ne fut pas non plus réellement surpris d'apprendre que les analyses avaient été faites en priorité d'urgence. Ni du résultat : le sperme trouvé dans le ventre de la Belle de jour et le sien provenaient exactement du même « fournisseur ». Sans le moindre doute possible.

Mais ce qui lui déplut le plus, ce fut le regard de Charlie Badolini sur lui par-dessus la feuille qu'il tenait à deux mains.

Un regard qui commençait à se poser des questions. Vaguement. Mais quand même.

Boris se pencha par-dessus le bureau directorial.

— Patron, on est lundi, je vous demande jusqu'à la fin de la semaine. Est-ce que vous pouvez étouffer tout jusque-là ?

Charlie Badolini prit l'air de quelqu'un qui réfléchit intensément.

— J'essayerai. Je ne vous promets rien. Ça va être très difficile.

Boris avala sa salive.

— Patron, dites-moi franchement. Est-ce que vous doutez de moi ?

— Je vais être franc. D'accord, j'avoue que tout à l'heure, en recevant les résultats de l'analyse du labo, j'ai eu un choc. Et c'est uniquement parce que c'est vous que je vous crois. Ça arrive, des policiers qui flippent, ça arrive...

Jamais Boris n'avait encore connu ça. La peur. Le sentiment d'être coincé dans un piège diabolique. Comme il comprenait soudain, de l'intérieur, la panique qui s'empare de ceux qui sont victimes d'une erreur judiciaire...

— Mais enfin, Patron, c'est trop net, tous ces indices truqués. C'est trop parfait. Ça saute aux yeux que c'est une combine !

— Bien sûr, c'est ce que je me suis dit aussi. Mais mettez-vous à ma place.

Pas très difficile de s'y mettre. Quand on dirige la Brigade la plus « chaude » de la police, celle dont les inspecteurs sont en contact quotidien avec toutes les dépravations de l'âme humaine, on est bien placé pour savoir que la chair est faible. Et que le meilleur des inspecteurs peut flancher un jour. C'est déjà arrivé. Rarement, mais c'est arrivé... Et la position du chef de la Brigade Mondaine était tragiquement simple : il n'avait que sa confiance en Boris Corentin pour faire face à trois petits détails d'enquête qui ne relevaient plus des indices mais de la preuve pure et simple. Du ticket du teinturier à l'analyse de sperme en passant par les empreintes sur le verre à dents, tout y était pour faire condamner quelqu'un à la plus incompressible des peines maximum prévues par le Code.

Le malheur était que ce quelqu'un s'appelait l'inspecteur divisionnaire Boris Corentin, as des as de la Brigade Mondaine. Et que Charlie Badolini ne pourrait retenir l'affaire que quelques jours. Après, eh bien, il ne pourrait plus rien...

Il referma rageusement le dossier.

— Il faut que je vous dise tout. J'ai bien été obligé de mettre au courant le directeur de la PJ. Rassurez-vous, il a réagi comme moi. Passé le premier moment de stupeur et de doute, il a tout de suite compris qu'il y avait machination. Et lui seul peut faire patienter le juge d'instruction et retarder la mise en route de toute la machine judiciaire.

Il se pencha :

— Vous n'avez pas la moindre idée sur celui ou ceux qui ont pu aller jusqu'à sacrifier une femme pour vous mouiller ?

Boris fit signe que non. Du moins, il ne voyait pas pour l'instant.

— Ça ne peut être qu'un dingue. Les voyous et les maquereaux n'iraient jamais commettre une telle folie. D'accord, j'en ai arrêté des dingues. Et à la pelle.

Il se prit la tête à deux mains.

— J'en ai pour des mois à essayer de remonter une piste...

Charlie Badolini se leva :

— Ecoutez, j'ai bien réfléchi à tout ça. En accord avec le directeur, je suspends d'enquête Rabert, Tardet, Courtat et bien sûr Brichot jusqu'à dimanche. Ils vont mettre le paquet... Quant à vous, vous avez eu un problème familial. Je vous ai accordé la semaine.

Boris avait envie de lui serrer les mains.

— Vous êtes chic, Patron !

Il se retourna sur le seuil.

— Très chic !

Charlie Badolini agita la main, protecteur et amical à la fois :

— La Brigade Mondaine est une grande famille, vous savez. Quand l'un des membres de la famille a un problème, les autres serrent les coudes.

CHAPITRE IV

Boris n'arrivait pas à placer un mot. Il était tombé sur la fille volubile. Ça arrive, surtout chez les bourgeoises qui jouent aux Belles de jour. Même quand elles sont de vraies pros, il leur reste parfois le goût du pia-pia mondain. A moins qu'elles se disent que ça fait partie de leur charme. Ce qui peut être vrai.

En tout cas, pas pour Boris. Dès son entrée dans le studio de l'avenue Bosquet, Jeanne-Marie s'était mise à l'accabler d'un discours saccadé, assise devant une table basse où elle avait posé un plateau de thé préparé à son arrivée dans la cuisine en lui criant de s'installer comme chez lui.

Elle était du genre qui vouvoyait le client. Son truc, encore :

— Je suis désolée de vous recevoir ici et pas dans mon endroit habituel, mais il y a eu un petit problème là-bas.

Un petit problème, oui. Juste un petit problème...

— Résultat, reprenait Jeanne-Marie, j'ai été obligée d'émigrer ici pour quelques jours et je n'aime pas du tout. Mais alors pas du tout.

Elle sourit en caressant son rang de perles :

— Vous comprenez, j'ai mon placard là-bas, avec toute ma lingerie. Ici, je n'ai rien. C'est désolant. Excusez-moi si vous aimez la lingerie, vous allez être un peu déçu, mais vraiment, ce n'est pas de ma faute.

Il fit signe que ça n'avait pas d'importance et s'apprêtait à glisser ne serait-ce qu'une très courte phrase entre deux litanies mitraillées d'une voix haut perchée, quand elle se leva brusquement.

— Ah, j'oubliais, le thé va être trop fort. J'espère que vous aimez le thé ? Ah très bien, ça nous laissera un peu le temps de parler de vous.

Elle eut un rire de gorge.

— De vos préférences. Je ne sais pas si on vous l'a dit, mais je suis très éclectique, très compréhensive...

Boris abandonna toute tentative de placer un mot. Résigné. Et assez amusé aussi. Le numéro de la fille était finalement très au point sous ses airs de tête en l'air. Tout en lui remplissant sa tasse de thé, elle s'arrangeait pour laisser dégouliner, comme par mégarde, ses lourdes mèches brunes sur son visage. Sans les relever. Et dans l'échancrure de la veste du tailleur très style Chanel, il n'y avait pas de corsage. Tout juste les bretelles noires d'un soutien-gorge visiblement fait pour ne rien soutenir du tout vu que la masse des seins se gonflait, nue, avec le sillon bien tracé entre les deux.

Elle se releva.

— Combien de sucres ?

— Un seul, merci.

Déjà Jeanne-Marie était retournée s'asseoir face à Boris, sa propre tasse à la main. Tournant sa cuiller, le petit doigt en l'air. Elle avait toujours ses cheveux dans les yeux et « curieusement », la veste de son tailleur s'était déboutonnée « toute seule ». Maintenant, il n'y avait plus de doute possible. Le soutien-gorge ne faisait que remonter la poitrine par en dessous pour mieux en présenter les rondeurs où l'on voyait, côté gauche, apparaître le début d'une aréole. Et ça repartait :

— Mes clients reviennent tous, vous savez. Il paraît que j'ai un je-ne-sais-quoi de très agréable quand je fais... comment dit-on ?... ah, j'y suis, une fellation.

Elle reposa sa tasse devant elle et dans le mouvement, les deux aréoles apparurent au bout des seins qui se balançaient. Quand Jeanne-Marie se releva, elle ne paraissait pas du tout s'apercevoir que les pans de sa veste restaient complètement ouverts. Le « soutien-gorge » faisait vraiment beaucoup saillir une très appétissante poitrine avec des pointes tendres.

— Notez, reprenait déjà Jeanne-Marie en s'appuyant au dossier de son canapé avec une large inspiration, il paraît que je ne suis pas seulement agréable côté bouche.

Elle se passa la langue sur les lèvres et elle croisa sa jambe droite sur sa jambe gauche. Avec un mouvement très lent et très ample. Un joli porte-jarretelles, noir lui aussi, tendait les bas et Boris put apercevoir furtivement, très au fond, un slip arachnéen avec de la dentelle au bord. Rose. Pas bourgeois du tout. Jeanne-Marie inclina le visage dans ses cheveux et prit l'air gêné.

— Ils me disent tous que devant j'ai un casse-noisettes du tonnerre et que...

Elle hésitait, elle prenait des mines de pensionnaire surprise au bain.

— Mon Dieu, il faut bien que je vous le dise aussi,

tout de même. Bon, j'ose : ils disent aussi que là où je suis vraiment champion, c'est pour la sodomie.

Elle s'était laissée aller, nuque renversée dans son dossier, et maintenant, elle avait décroisé ses jambes, pour écarter les cuisses très largement. Cette fois, plus aucun doute n'était permis : le slip était réduit à la largeur de deux doigts de la main.

— Je ne vous choque pas, au moins ?

Mais elle n'attendait pas la réponse de Boris et elle se remettait déjà debout.

— Que je suis idiote ! J'ai oublié de vous montrer mon album. Vous m'en direz des nouvelles. Encore un peu de thé ? Non ? A votre guise.

Boris sursauta en tournant les premières pages. Rien que des photos de famille. Jeanne-Marie à son mariage en belle robe blanche collet monté au bras d'un grand type en habit. Jeanne-Marie en voyage de noces sur fond de Vésuve. Jeanne-Marie dans sa maison de campagne. Au golf. Au bord d'une piscine en maillot une pièce, serrée contre son mari. Un bandeau cachait les yeux du mari.

— Ça vous surprend, hein ? gloussa-t-elle. Mais c'est juste pour mettre en appétit. Bien sûr, on a rendu mon mari non identifiable. C'est la moindre des choses, n'est-ce pas ? Mais tournez donc...

Boris obéit. Et là, on entrait dans du sérieux. Strip-tease savant en tailleur. Tenues Pigalle. Poses impubliables même dans *Penthouse*. Sur la dernière photo, Jeanne-Marie s'envoyait trois hommes à la fois. Trois Noirs.

Boris releva le nez : Jeanne-Marie avait enlevé sa veste et sa jupe et elle lui souriait, bouche arrondie, langue un peu sortie, affalée dans son canapé, une main caressant son sein droit et l'autre engagée très profond dans son slip.

— Voulez-vous que je commence par me branler ? fit-elle gourmande. D'habitude, on répond toujours oui.

Boris se passa la main sur le front. Bon, son seul tort était de ne pas avoir interrompu le bavardage dès le début. Maintenant, il était coincé. Et puis, la salope avait un numéro drôlement au point. Pas besoin d'attendre pour savoir dès maintenant qu'elle ne devait pas se vanter en racontant que ses clients n'avaient qu'une envie : remettre ça avec elle.

— OK, vas-y, fit-il, vaincu. Mais dépêche-toi.

Elle se débarrassa de son slip et de son soutien-gorge.

— C'est drôle. Généralement, ils veulent que je ne me dépêche pas. Surtout pas...

***

Jeanne-Marie se releva sur les coudes.

— Eh bien, dis donc ! Si je suis championne, tu es champion, toi aussi. Jamais on ne m'a baisée comme ça. Et pourtant, j'en ai vu défiler, des mecs.

Plus du tout bourgeoise ni dans le ton ni dans le langage.

Elle se coula contre lui dans les draps.

— On recommence, s'il te plaît. A l'œil, cette fois.

Boris se détourna.

— Ecoute, tu as été fameuse, c'est d'accord, mais je suis pressé.

— Oh non ! Tu t'en vas déjà ?

Il secoua la tête et se leva. Quand il revint, il avait sa plaque de police à la main.

— C'est à cause de ça que je suis pressé. Désolé.

Jeanne-Marie était devenue toute blanche.

— C'est mon mari qui t'envoie ?

Boris se rassit.

— Mais non, ne t'inquiète pas. C'est Elizabeth qui m'envoie. Ça te dit quelque chose, Elizabeth ? Le studio de la rue de la Pompe inutilisable pendant quelque temps...

Jeanne-Marie se recroquevilla sur elle-même :

— Voilà qu'il y a des flics qui baisent comme des dieux. Où va-t-on ?...

Ils rebuvaient du thé. Mais sagement cette fois. Boris était rhabillé et Jeanne-Marie était en robe de chambre très convenable. Boris n'avait pas eu besoin de beaucoup de phrases pour la mettre au courant de tout. Sauf des « indices », évidemment. Jeanne-Marie s'était mordu les poings au sang en apprenant de quelle façon sa collègue était morte.

— Mon Dieu, geignit-elle. Retrouvez-le vite, le dingue. Je ne veux pas y passer moi aussi. Je ne veux pas !

Boris prit tout son temps pour terminer sa tasse de thé.

— Alors, il faut m'aider.

Jeanne-Marie le fixa.

— Et comment ?

Il alluma une Gallia :

— Par exemple, dis-moi tout ce que tu sais sur Elizabeth. Vous utilisiez le même studio, ça crée des liens.

Jeanne-Marie haussa les épaules.

— Tu parles. Elle, c'était le mardi, jeudi et samedi.

Et moi les lundi et mercredi. Le vendredi, je ne sais pas qui. Tu t'imagines que ses jours à elle, je venais lui tenir la chandelle ?

Boris fit signe qu'il admettait.

— Bien sûr, n'empêche qu'on finit toujours par se croiser un jour ou l'autre. Ne serait-ce que parce qu'un jour a été changé. Ou dans une autre adresse.

Il fronça les sourcils.

— Ou dans une partie à plusieurs...

Jeanne-Marie tiquait visiblement.

— Ça m'ennuie, cette histoire. Tu ne peux pas savoir.

Elle n'arrivait pas à se décider. Enfin, elle lâcha le morceau :

— Tu vas être obligé d'aller trouver mon mari.

Boris émit un petit sifflement.

— Ah... Parce que ton mari est dans le coup ? Tu te prostitues pour lui ? Il y en a qui ont trouvé le bon truc pour arrondir leurs fins de mois.

Elle détourna la tête. Boris reprit :

— Et il s'envoyait Elizabeth. Et parfois avec toi...

— On ne peut rien te cacher.

Elle se projeta en avant sur son canapé, bras serrés autour de ses épaules.

— Il ne faut pas lui faire d'ennuis ! Si tout ça se sait, il va perdre sa situation.

Boris eut un petit sourire :

— Je ne suis pas fou. J'ai besoin de lui. Vous avez ma parole tous les deux que ton mari gardera sa situation.

Il s'arrêta :

— Il sait pour Elizabeth, bien sûr ?

— Evidemment. Mais on ne savait pas ni l'un ni l'autre à quel point ça a été atroce.

Mais Boris passait à autre chose.

— Tu peux me le dire, va. Elizabeth et toi, vous étiez amies ?

Jeanne-Marie lui lança un regard rapide.

— Amies d'enfance. Elle était demoiselle d'honneur à mon mariage.

L'album cochon aux premières pages si sages traînait toujours sur la table basse. Borris l'attrapa. Cette pure demoiselle d'honneur, derrière Jeanne-Marie pour la photo nuptiale d'ensemble, c'était bien sûr, avec quelques années de moins, Elizabeth, l'épouse, depuis, du professeur Jean-Bernard Poussin. Joli, parfois, le monde de la haute bourgeoisie...

Boris referma l'album.

— Je suppose que ton mari est à son bureau ? Appelle-le. Qu'il se débrouille. Je le veux ici dans une demi-heure au plus.

***

Michel Besnard-Duthoin était encore plus bel homme au naturel qu'en photo. Très élégant dans son pied-de-poule beige de bon faiseur avec pochette de soie et mocassins Weston. Mais surtout, c'était satisfaisant de voir enfin ses yeux.

Même s'ils offraient une expression très sincèrement ennuyée. Pour ne pas dire plus. En réalité, il n'en menait pas large du tout.

Lui aussi, son premier réflexe avait été de demander à Boris de ne rien ébruiter. Mais là, Boris avait été un peu plus dur qu'avec sa femme.

— D'accord, mais à une condition.

Le mari s'était légèrement voûté.

— Je vous écoute.

— Si vous ne m'aidez pas à retrouver la trace du meurtrier d'Elizabeth je vous fais plonger. Proxénétisme, c'est clair, non ?

Le mari n'avait pas relevé que la menace avait un côté cocasse venant de la part d'un client de sa femme : le client était flic. Ça changeait tout.

Maintenant, Jeanne-Marie s'était mise à leur servir quelque chose d'un peu plus corsé que le thé. Whiskies-glace. Elle était toujours en robe de chambre et pieds nus. Et les yeux très cernés : un client du nom de Boris Corentin, ça fatigue.

Boris secoua son verre :

— Bon, je résume. C'est votre femme qui a entraîné son amie d'enfance dans la prostitution. A l'insu du professeur Poussin, c'est bien ça ?

Michel Besnard-Duthoin approuva d'un air las.

— Exact. Il y a un an.

Il n'avait vraiment pas l'air excité à l'idée de boire un whisky.

— Pour qui travaillait Elizabeth ? jeta brusquement Boris.

L'autre écarquilla les yeux :

— Mais pour elle...

Boris eut un petit rire.

— Ecoutez, mon vieux, il ne faut pas essayer de me la faire. Quand on reçoit ses clients dans un studio de Blanche Castelli, ça veut dire deux choses. Primo : on profite de son réseau de clientèle à elle et donc on la paie. Plus cher que le simple prix de location des lieux. Deuxio, ça veut dire aussi qu'on entre dans le système.

Celui du gang des macs. Ils ne touchent pas aux logeuses. Ça ne changerait rien pour eux. Ils ont même intérêt à ne pas apparaître à leurs yeux. En revanche, ils réclament leur part du gâteau aux filles. Tous.

Le mari se faisait de plus en plus petit. Boris se durcit :

— Vous, monsieur Besnard-Duthoin, vous payez au rackett. Même si vous ne le savez pas.

Le mari accusa le coup :

— C'est vrai, Jeanne-Marie ?

Elle se mordait les doigts.

— Oui.

Boris se mit à rire.

— Ah, on devient enfin raisonnable. A qui ? Et combien par passe ?

La jeune femme fixait n'importe quel dessin du tapis devant elle.

— Trente pour cent. Mais je vous jure que je ne sais pas à qui. C'est Elizabeth qui s'en chargeait. Normal, elle n'avait pas de protecteur, elle.

Boris se pencha en avant.

— Voilà qui commence à m'intéresser. Alors, à qui elle payait ? C'est très important pour moi de savoir.

Jeanne-Marie releva vers lui un visage défait.

— Je vous jure que je n'en sais rien. Je ne voulais surtout pas savoir.

Boris se tourna vers le mari :

— Dur, n'est-ce pas, d'apprendre toutes ces petites combines ? Bon, quelle question vous poseriez à votre femme à présent ?

Visiblement, l'autre pédalait dans la semoule. Une semoule gluante comme un piège à mouches.

— Très bien, fit Boris. C'est moi qui poserai la

question. Jeanne-Marie, maintenant qu'Elizabeth est morte, à qui allez-vous payer les trente pour cent des passes ? Ils se sont bien manifestés, non ? Pour eux, le fric, c'est sacré.

Jeanne-Marie croisa les jambes et se pencha pour allumer une cigarette. Cette fois, son décolleté resta fermé.

— Il y a quelque chose que je ne comprends pas, fit-elle, apparemment redevenue maîtresse d'elle-même. Vous avez l'air de penser qu'il faut chercher le tueur d'Elizabeth du côté du... mettons, de ces messieurs. Après tout, c'est un client, l'assassin, non ?

Comme le vouvoiement collait mal dans sa bouche avec le tutoiement haletant de tout à l'heure...

Boris reprit son verre.

— Je ne peux pas vous dire pourquoi, mais à la police nous avons d'excellentes raisons de penser qu'Elizabeth a été exécutée par un « protecteur ». Pas par un client. Je ne peux pas vous en dire plus.

Jeanne-Marie frémit.

— Et pourquoi ?

Boris se passa la main dans les cheveux.

— Pour une raison que je voudrais bien découvrir.

Il reposa son verre.

— Une supposition que cette raison les pousse à poursuivre le petit jeu de massacre ? Vous voyez ce que je veux dire ?

Le mari proxo et l'épouse Belle de jour voyaient très bien : ça trahit ce qu'on pense, le sang qui fuit les joues. Jeanne-Marie attrapa un paquet de cigarettes anglaises et elle en alluma une nerveusement.

— OK, fit-elle. Je risque gros à vous dire ce que vous voulez entendre...

— Mais vous risquez encore plus gros à ne pas me le dire, coupa Boris.

Elle fit claquer son briquet Dunhill.

— Exact. Bon. Ils m'ont appelée. Une demi-heure avant votre arrivée. On a passé un marché. Chaque fin de mois, je vire la somme en Suisse.

Elle sourit :

— Vous avez entendu parler de la libération du contrôle des changes, depuis le nouveau gouvernement ? Ne cherchez pas à en savoir plus. Je vous jure sur la tête de mon mari que je ne sais rien de plus. Je vire l'argent sur un compte-numéro. C'est tout.

Boris s'arracha à ses réflexions :

— Si vous me mentez, je vous fais plonger tous les deux.

Jeanne-Marie lui adressa un sourire du bout des lèvres.

— C'est curieux. Vous êtes contracté comme si le problème de tout ça vous concernait personnellement.

Boris se garda bien d'accuser le coup. Difficile. Il ralluma une Gallia.

— Arrêtez vos salades. Je n'ai jamais vu des macs attendre la fin du mois pour récolter la comptée. Votre mari le premier. Et vous voudriez me faire croire qu'il ne vous réclame pas l'argent de l'après-midi tous les soirs ? Votre julot, c'est lui.

Il vira du buste vers le mari :

— Dites-moi le contraire, monsieur le mari proxénète ? Est-ce que ça ne fait pas aussi partie du plaisir, d'empocher le fric tous les soirs ?

Il tendit l'index vers Jeanne-Marie :

— Vous allez finir par me faire croire que vous êtes complice dans la mort de votre amie d'enfance. Alors, arrêtez d'avoir la trouille de la police. La vraie trouille à avoir, c'est vis-à-vis du gang des racketteurs. Nous, on passe l'éponge. Eux, ils vous feront subir le même sort qu'Elizabeth un jour ou l'autre.

Jeanne-Marie se remplit un verre à moitié. Pour le vider aussitôt et se le re-remplir.

— Pourquoi voulez-vous qu'ils me tuent, si je les couvre ? Vous ne croyez pas qu'ils me tueront plutôt si je me mets à table.

Boris se leva.

— Comme vous voulez.

Il se retourna sur le seuil :

— Au fait. On a certains accords, à la police, avec ce monde-là. Même si je ne sais pas de qui il s'agit exactement dans le cas d'Elizabeth, il suffit que je dise à certains contacts que Jeanne-Marie est louche pour qu'il vous arrive des bricoles.

Jeanne-Marie se jeta en avant :

— C'est ignoble ! C'est du chantage !

Boris la repoussa à bout de bras au moment où elle se jetait sur lui.

— Monsieur Besnard-Duthoin, vous êtes bien silencieux depuis un moment. Expliquez donc à votre jolie femme que son véritable intérêt est de tout me dire.

Il y eut un toussotement bref, au bout du couloir, du côté du salon.

— Jeanne-Marie, écoute-le. Il a raison. Je ne sais pas de qui tu as à lui parler. Mais parle. Je ne veux pas te perdre.

CHAPITRE V

Rue Lepic, à Montmartre, avant que la rue Lepic ne se dédouble en patte d'oie à gauche et à droite, en gardant le nom de rue Lepic sur la gauche, il y a un bistrot proche d'une pharmacie. Vu l'heure tardive, la pharmacie était fermée, mais pas le bistrot. Boris Corentin fit arrêter son taxi devant. Il avait besoin de faire le point avant de continuer.

Au comptoir, il trouva difficilement une place entre un groupe de Pakistanais et un groupe de Turcs. Il commanda quelque chose qui était contre tous ses principes de jogger. Mais il n'avait vraiment plus le cœur à imaginer qu'il puisse même recommencer un jour à courir en survêtement sur la cendrée du stade de la Redoute, au bois de Vincennes.

Le barman s'écarquilla :

— Vous avez dit un triple ?

Boris poussa un soupir excédé.

— Oui, un triple whisky.

Le barman se gratta la tempe.

— Mais, c'est qu'on ne fournit que des simples ou des doubles. Pas des triples.

Boris joua des coudes entre les Pakistanais et les

Turcs. Un Breton de cette carrure-là, ça se respecte. Turcs et Pakistanais s'écartèrent très gentiment.

— Où est le problème ? Va pour le quadruple.

Le quadruple whisky fila dans le gosier du Breton avant même d'avoir eu le temps de se refroidir contre les glaçons.

— Un autre ? fit le barman.

— Oui. Et toujours quadruple.

Boris se tourna, appuyé du dos au zinc. Un flipper dévastait les tympans au marteau-piqueur à sa gauche. A droite, ça ne valait guère mieux avec le dernier tube rock. Un type qui braillait *Fatalité* en anglais avec une voix de châtré dont les décibels ne se contentaient pas de frôler les ultra-sons. D'ailleurs, le berger allemand du patron tournait en rond sous la caisse en se frottant douloureusement les oreilles avec ses pattes avant. Là-bas, dans un coin, des gosses de race pas du tout blanche s'échangeaient des sachets de cocaïne. Des putes entraient et sortaient, de tous les âges, y compris l'âge mineur. Et le sexe indéterminé. Le monde type du flic de base de la Brigade Mondaine. Sauf que ce soir le flic de la Brigade Mondaine ici présent devant son deuxième quadruple whisky avait un problème personnel.

Et qui pouvait se résumer en trois points, comme au rapport.

Un : Jeanne-Marie Besnard-Duthoin, Belle de jour et belle salope, l'avait roulé comme un bleu. A son tour... Personne au rendez-vous fixé par elle-même au téléphone. Un rendez-vous dans un endroit pourtant chic : le bar du *George V*. Parfait, Boris lui revaudrait ça plus tard. Mais pas pour l'instant. Trop coton de récupérer le coup. Quand on se fiche de votre gueule à ce point-là, il vaut mieux écraser pour l'instant.

Deux : Aimé Brichot n'avait pas été un puits de bonnes nouvelles quand Boris l'avait appelé. Deux petits détails concernant directement l'inspecteur divisionnaire Boris Corentin étaient arrivés à la « Maison » dans l'après-midi. Un nouveau rapport d'expertise de la chambre de la rue de la Pompe où Elizabeth Poussin avait été étranglée, d'abord : les cheveux trouvés sur l'oreiller étaient exactement de la même origine que ceux trouvés par des collègues, autant en service commandé que bien intentionnés, sur l'oreiller de Boris, rue de Turbigo.

Et puis, la confession « spontanée » d'une pute de la rue Godot-de-Mauroy, venue raconter « qu'elle en avait marre d'être estafiladée au rasoir régulièrement depuis six mois par un poulaga de la Mondaine répondant au nom de Boris Corentin sous prétexte que c'était le seul moyen qu'elle ait d'échapper à un contrôle délicat sur ses revenus.

Trois : Il n'y avait plus grand monde, 36 quai des Orfèvres, pour croire à l'innocence de Boris Corentin en plus de Charlie Badolini et Aimé Brichot. Même si Rabert, Tardet et Courtat étaient du même avis, ordre leur avait été donné de reprendre le cours de leurs affaires courantes. Ordre venu du Dirlo (1) en personne. Avec une ultime carotte à l'égard de Boris Corentin. Du genre : démerde-toi tout seul jusqu'à dimanche, on te donne une dernière chance. Après, c'est le trou, salaud.

Après avoir terminé son deuxième quadruple

(1) Le directeur de la PJ.

whisky, Boris se rendit compte dans un ultime réflexe de conscience, qu'il allait perdre les pédales, qu'il avait bu un coup de trop. Dans l'état de bête traquée où il se trouvait, l'alcool multipliait ses effets. Il descendit aux toilettes. Deux petits Beurs à l'œil en coin remirent très vite leurs mains dans leurs poches. Boris avait repéré le manège. Le coup classique. Le dessous du lavabo. On y scotche les sachets de dose d'héroïne. Ou de coke. Il ignora. Après tout, il n'était pas en service... Il se rua dans les WC et aussitôt la porte refermée derrière lui, il s'enfonça trois doigts dans la gorge. Pour tout vomir.

Quand il se releva, il transpirait tellement aigre qu'il eut honte de lui.

Il était seul. D'accord, Mémé l'avait assuré de son amitié, et de celle de Baba par procuration. Mais il était seul...

Ça lui avait quand même fait du bien de vomir. Il s'essuya avec la serviette mécanique qui ne descend jamais autant qu'on le voudrait, puis il sortit. Les deux petits Beurs l'examinaient, l'air d'avoir repéré le flic.

Une fois dehors, il héla une vendeuse de fleurs qui s'en allait. Et il lui acheta au double du prix un bouquet de violettes. Puis il se passa les violettes sur le visage, juste pour effacer l'odeur du vomi. La vendeuse le regardait en coin. Ahurie.

La dernière fois qu'il était allé là où il allait, c'était en Mini gris métallisé conduite par une fille prénommée Chantal. Il y avait combien de temps? Mille ans. Qu'est-ce qu'elle était devenue, Chantal? Bof, quelle importance. Elle avait un boîtier de commande pour le portail. Et alors? Le portail est à cent mètres de là, à droite, puis à gauche, puis à droite et on n'entre pas seulement en voiture à module de commande électrique dans le clandé de la rue où il allait en titubant encore un peu.

A droite du portail, il y avait un interphone avec un bouton. Il pressa le bouton et dit son nom et qui l'attendait. La petite porte s'ouvrit. Il traversa la grande cour jardin aux pavés qui tordaient les chevilles et il n'eut pas besoin de descendre vers le parking souterrain, puisqu'il venait à pied. Il monta les marches du vieil hôtel particulier et sonna à la porte.

C'est la même dame, très correcte et entre deux âges, qui lui ouvrit. Pour l'introduire en souriant dans l'entrée où il y avait les mêmes casiers avec des clés de chambres comme dans un hôtel. Et la même affichette : « Le Club Rencontres et Amitiés vous souhaite la bienvenue ». Et au-dessous, les mêmes autocollants du Diners Club, de l'American Express et de la carte Visa internationale.

Musique douce et bruits de conversation provenant de la porte ouverte du salon, mélange de fumée de cigares et de parfums féminins, c'était comme si Boris revenait dans le passé. Un passé à la fois très proche et très lointain, celui d'une affaire où ici même, il avait découvert le secret d'une secrétaire esclavagisée par son patron (1).

La dame entre deux âges s'empressa :

— Monsieur Arreti vous attend. Mais il est encore en rendez-vous pour un instant. Si vous voulez patienter au bar.

Boris s'inclina.

Le bar n'avait pas changé. Toujours le même velours rouge aux murs et l'éclairage savamment combiné des

(1) Voir Brigade Mondaine n° 70, *La secrétaire du patron.*

bougies et des lampes douces. Seule différence : une estrade avait été aménagée dans un coin. Et une fille s'y déshabillait devant les consommateurs indifférents. Et ce devait être la vingtième fois de la soirée qu'elle faisait son numéro. Stoïque, souriante de toutes ses dents. Arrachant l'une après l'autre les pièces d'un prétendu ensemble de plage visiblement fait pour être arraché à la commande.

Une fois nue sur ses talons aiguilles, elle s'ouvrait les fesses à deux mains en se cambrant.

Et elle était épilée.

Mais seul Boris le remarquait. Les autres clients du bar lutinaient des filles. Entre les fesses.

La vieille dame digne et indigne à la fois revint.

— Si vous voulez me suivre. Monsieur Arreti est dans son bureau.

Souvenirs, souvenirs... Boris, tu retraverses la salle de restaurant où les filles sont à poil et pas les hommes. Ça glousse, ça rigole gras, ça jette de la fumée de cigare au nez des filles agenouillées nues auxquelles on tend des spaghetti à bout de doigt. Tu montes l'escalier. Tu connais. Là-haut, le bureau de Pascal Arreti, maquereau corse notoire et très puissant dans le milieu. Tu lui as rendu service un jour. Mais il t'a aussi rendu service. Et c'est ton tour de venir demander un service. Personnel. Dur, dur. Monte l'escalier sans flancher. La musique rock qui se déchaîne en bas, ce n'est pas pour toi. Tu viens en demandeur.

Pascal Arreti, Corse de Calenzana, ancien du SAC et propriétaire d'un sérieux nombre de clandés parisiens bien connus de la police qui fermait les yeux pour cause de renseignements, régulier comme un métronome sur la clientèle, était installé derrière son habituel bureau de verre fumé.

Heureux.

Les affaires marchaient bien. L'argent rentrait avec la cadence du jack-pot éternellement répété côté machine à sous. Il était réglo avec la police. Il la tuyautait sur les clients intéressants pour elle. Il y avait bien eu un petit problème à l'époque d'une délicate affaire de secrétaire de patron de presse, mais tout était rentré dans l'ordre. Grâce à un certain Boris Corentin.

Qui venait le voir ce soir, Dieu seul savait pourquoi.

Pascal Arreti fit signe à la fille de lui présenter son côté pile. Une petite blonde amenée par un mac nantais. Qui la vendait trente mille francs. Pas mal, la fille. Elle avait dix-sept ans, une poitrine lourde, une jolie toison rousse de blonde aux origines nordiques. Et de dos, un vrai cul. Large. Epais. Bien fendu. Evidemment qu'il faudrait la jucher sur des talons hauts, mais il voyait déjà ça : le cul balancé par la démarche sur les talons hauts. Il tira sur son petit cigarillo de chez Davidoff.

— Pour la pipe, elle vaut quoi ?

Il s'adressait au vendeur. Le Nantais se précipita.

— Géniale, je vous assure !

Pascal Arreti réexamina la petite blonde à poil devant lui sur la moquette, tête baissée, front noyé par ses cheveux.

— Tu avales ?

Elle fit signe que oui. Oui, elle avalait. Pascal Arreti se mit à rire.

— Elles disent toutes ça. Bon, on va vérifier.

Il se leva :

— Déboutonne et avale. A genoux.

La petite blonde se prosterna. Puis elle déboutonna et se mit au travail. Y allant de tout son cœur. Yann, son mac nantais, lui avait dit :

— Rends-toi compte de ta chance. Je t'emmène à Paris. Paris ! Tu vas être la reine de Paris.

Elle y allait bravement, bien à genoux. Les hommes aiment ça. Elle collait maintenant ses lèvres au pantalon du grand Corse si intimidant. Et il déchargeait dans sa bouche. Et elle avalait. Comme il était promis qu'elle avale.

Pascal Arreti s'arracha.

— Retourne-toi sur le bureau. Ecarte-toi les fesses.

Il rigola.

— Ah ! L'enculée. L'enculée plutôt mille fois qu'une.

Il vira vers le Nantais en se reboutonnant.

— Tu es un marrant, toi. Tu veux me vendre trente mille francs une fille qui a le cul déjà défoncé comme une vieille. Tu te fous de moi ou quoi ? C'est quinze mille, dernier prix, et je suis gentil.

Il flatta le visage que la fille relevait.

— C'est uniquement parce qu'elle a de beaux yeux. Dernier prix, ou tu te tires avec elle.

Le Nantais alluma nerveusement une Gauloise.

— OK, Pascal. OK. Quinze mille. Mais c'est volé.

Le Corse aux yeux bleus se tourna vers la fille :

— Sors. Tu m'attends dehors.

Puis il ouvrit un tiroir et sortit l'argent.

— Sors aussi, le Nantais.

Il rigola.

— Mais toi, tu ne m'attends pas dehors.

Juste après, il parut seulement s'apercevoir de la présence de Boris Corentin sur le seuil.

— Inspecteur ! Mais je ne vous avais pas vu ! Quel bon vent vous amène ?

Boris attendit que la fille et le Nantais soient sortis. Il avait envie d'être là comme un cheval a envie de prendre le départ d'une course qui se court dans un circuit à l'herbe arrosée au vitriol.

Pascal Arreti alla jusqu'à son réfrigérateur et en sortit une bouteille de Dom Pérignon.

Ils choquaient leurs verres comme deux vieux copains. Qui se surveillent quand même du coin de l'œil. Tout un passé remontait entre eux dans les bulles de leurs coupes de champagne. Une certaine histoire de patron de presse dégueulasse. Un mac algérien nommé Ben Tazi et surnommé le Taureau de Constantine. Un autre mac juif nommé Lévy. Une histoire de cassettes vidéo volées à Pascal Arreti par la police. Et puis une bagarre déclenchée entre le dénommé Pascal et un certain Roger Bartoldi, dit Freddy. Tout ça à cause de la secrétaire d'un patron de presse.

Boris fut le premier à s'arracher aux souvenirs.

— Lévy est en taule, dit-il. Vous savez grâce à qui ?

Le Corse reposa la bouteille de Dom Pérignon dans son cocon glacé.

— Je sais. Merci. Il m'avait déclaré la guerre.

Il leva son verre.

— Inspecteur, j'ai pigé. Vous avez besoin de moi.

Boris avala une petite gorgée.

— Minute, c'est vrai que j'ai un service à vous demander. Mais pas au nom de la police. En mon nom propre.

Pascal Arreti reposa sa coupe sur le plateau de verre fumé de son bureau.

— Vous avez des ennuis ?

Boris serra les mâchoires.

— Je veux.

Il releva les yeux.

— Et vous pouvez peut-être m'aider. A charge de revanche.

Le Corse leva son verre :

— C'est bien comme ça que je l'ai compris.

CHAPITRE VI

Pascal Arreti ôta ses larges lunettes d'astigmate et entreprit d'en nettoyer les verres avec sa pochette de soie sauvage. Sans lunettes, le visage du truand corse doublé d'un maquereau à la tête de plusieurs clandés entre Paris, Marseille et l'Ile de Beauté, était encore plus poupin. Mais le regard restait bleu d'acier.

Il se mit à siffloter en vérifiant la propreté de ses verres face au globe laiteux de la lampe de son bureau.

— Eh bien, on peut dire qu'ils ont mis le paquet. Il y a même trop de « preuves ». Rien que ça, ça ne leur a pas mis la puce à l'oreille, à vos collègues ?

Boris accepta le cigarillo que le Corse lui tendait.

— Il n'y a pas que des flèches, chez les collègues. Et puis, vous savez ce que c'est. La fameuse guerre des polices. J'en connais plus d'un qui ne serait pas mécontent de me voir tomber. A force de marcher sur les plates-bandes des autres services, on ne s'y fait pas que des amis.

Arreti rangea soigneusement sa pochette, attentif à bien la faire gonfler artistement.

Il avait de longues mains fines manucurées. Difficile

de s'imaginer qu'elles puissent manier l'arme de poing comme d'autres le stylo.

— Au moins, vous pouvez compter sur Badolini. Et sur votre équipier, le petit chauve, si drôle avec ses tenues anglaises plus vraies que nature.

Boris soupira :

— Oui, bien sûr. Mais à part eux... Enfin, soyons juste. Il me reste encore trois ou quatre copains sûrs. Mais le total ne dépasse pas de beaucoup les doigts d'une seule main.

Le Corse rêvait.

— Je vois ça d'ici. Et le juge d'instruction doit drôlement piaffer. On vous a quand même donné un délai de grâce ?

— Oui, jusqu'à dimanche.

Pascal Arreti prit un air dubitatif.

— On est mardi soir. Ça ne fait plus beaucoup de temps, hein ?

Il tira sur son cigarillo.

— Inutile de vous demander si vous avez une idée ? Non, évidemment. Avec le nombre de types que vous avez envoyés au trou... (Il se mit à rire :) Hé, Inspecteur, on prend des risques quand on est un champion comme vous.

Boris ne releva pas.

— Dites-moi quelque chose, fit-il. Juste histoire de vérifier si vous avez la même intuition que moi sur la question. A votre avis, c'est une vengeance ?

Pascal Arreti se lissa longuement le nez entre pouce et index.

— Non. A moins d'être fou, un mac qui sort de taule ne va surtout pas faire une telle connerie. Et un fou n'est pas capable d'un truc aussi vicieux et manigancé avec un tel luxe de détails. Seuls des pros peuvent faire ça. Et les pros ne sont pas fous. On ne s'attaque pas à un flic de votre envergure. Ça ne se fait pas.

Boris sourit :

— Merci pour le compliment. Merci aussi pour l'analyse. J'ai la même. Je sais que les copains cherchent du côté vengeance et je les laisse faire, au cas où, quand même. Mais j'en suis sûr, il y a une affaire en cours en ce moment où je joue un rôle. Ou bien, une affaire où, mathématiquement, je devrais finir par mettre le nez. Alors, ils ont choisi de m'éliminer avant, pour plus de sûreté.

Le Corse fit la moue :

— Tout à fait d'accord. Mais dans ce cas, pourquoi ne pas vous avoir éliminé physiquement ? Rien de plus facile.

Un ange passa, les ailes chargées de colts Python ou plus simplement, un scénario classique dans les yeux : une voiture qui fonce. Puis Boris Corentin dans son sang sur le macadam.

— Rien de plus facile, vous avez raison, murmura Boris. Alors je pense, moi, à condition, bien sûr, que mon hypothèse soit la bonne, que le coup de la fille massacrée soi-disant par moi, c'est un appel d'offres. Ou un carré d'as dans leurs mains, si vous préférez. (Il se pencha :) Je suis prêt à parier que je vais être contacté. Et qu'alors, je vais tout piger. Quoi ? Je n'en sais rien encore. Pure intuition. Mais j'ai toujours cru à mon intuition.

Pascal Arretti se remit à siffloter. Avec admiration cette fois :

— Eh bien, on peut dire que si vous êtes dans un

sacré pétrin, au moins, ça ne vous empêche pas de gamberger.

Boris sourit.

— Au début, pour être franc, j'ai été assez assommé. Mais ça va mieux maintenant. Je peux même dire que j'ai les canines qui poussent à la vitesse grand V.

Pascal Arreti s'était levé pour sortir une nouvelle bouteille de champagne de son réfrigérateur. Bouchon qui saute, mousse qui grimpe dans les verres.

— Tchin, fit Arreti. Bonne chance.

Il se rassit.

— OK, à votre place, je ferais le même raisonnement. Seulement, le problème, c'est : il faut les prendre de vitesse. Le marché qu'ils vont vous proposer est trop gros pour que ça puisse passer, chez vous, je veux dire chez vos supérieurs. Parce qu'on est bien d'accord, hein ? A supposer que tout ça se tienne, les types, mettons X, Y et Z, ou X tout seul, vont monnayer la preuve que le tueur de cette fille n'est pas vous contre un très sérieux coup de main. Vous n'irez pas en taule pour assassinat sadique, mais vous serez devenu un flic marron. Pas très confortable.

Boris vida sa coupe d'un trait.

— A qui le dites-vous... Vous aussi vous n'êtes pas bête dans le raisonnement. Bon, Arreti, je n'ai pas le choix. Aidez-moi à trouver qui c'est. Et le plus vite possible. Je vous le revaudrai. Vous le savez parfaitement.

Les petits yeux pétillèrent derrière les grands verres tout propres.

— Je l'entends bien de cette façon.

Boris se détourna. Dur d'être demandeur avec un

truand. Surtout pour soi-même. Et pas seulement dans l'intérêt du service.

D'en bas, parvenait à travers la porte capitonnée le bruit d'un rock à secouer les gonds. Avec des rires de filles suraigus. Pascal Arreti remplit de nouveau les coupes.

— Je connais Blanche Castelli, si elle ne vous a rien dit, c'est qu'elle ne sait rien. Ça ne m'étonne pas, d'ailleurs. On cloisonne de plus en plus. Une loueuse de studios, ça doit en savoir le moins possible. Il faut que je cherche autrement. Parce que pour l'instant, je suis désolé, mais je ne vois pas encore d'où le coup peut venir. C'est trop dingue, je le répète. Ce n'est pas un type du milieu qui fait ça. Il y a autre chose. Sûrement.

— Evident, fit Boris. Je suis pris dans une histoire bien plus compliquée qu'une simple affaire de chantage de prostitution.

Le Corse le fixa :

— Et le mari de cette Jeanne-Marie. Le cave qui joue aux macs, il est si cave que ça, à votre avis ?

Boris haussa lentement les épaules.

— A première vue, oui. Mais, on ne sait jamais.

— Qu'est-ce qu'il fait dans la vie ?

— Il est cadre supérieur dans une grosse boîte de commerce de tapis.

Pascal Arreti prenait l'air très intéressé :

— Ah, ça veut dire des rapports avec l'étranger. Le Moyen-Orient, etc.

Boris approuva :

— J'ai pensé à ça tout de suite, bien sûr. Mais c'est un cave.

Pascal Arreti se mit à repeigner sa mèche châtain.

— J'ai une proposition à vous faire. Réfléchissez

bien avant de me dire non. Au point où vous en êtes, il faut tout essayer. Et il y a un genre de chose que vous ne pouvez pas essayer vous.

*
**

Aimé Brichot alluma une cigarette à la braise de la précédente. En face de lui, Boris tournait comme un fauve en cage dans son living de la rue de Turbigo. Deux heures du matin sonnaient au loin.

— Allons, dis-moi tout, fit-il. Tu me caches quelque chose.

Aimé Brichot se détourna :

— D'accord, mais pourquoi te faire encore plus de mal ? Le dirlo a convoqué Baba en fin d'après-midi. Je ne sais pas comment ça s'est passé, mais il y a une fuite, à mon avis du côté du juge d'instruction. Le patron de la Crim sait tout. Et il a rué dans les brancards. Tu lui as fait assez de vacheries pour qu'il n'ait qu'une envie : t'éliminer de sa route. L'affaire est remontée jusqu'au ministre de l'Intérieur. Tu as au moins une chance : le ministre sait très bien qui tu es et il a calmé le jeu. Mais lui non plus ne pourra bientôt plus grand-chose pour toi.

Boris eut un petit sourire fataliste :

— Merci, quand même, Monsieur le Ministre.

Aimé Brichot se mit à tousser. Très Charlie Badolini.

— Si toi aussi tu te mets à fumer, soupira Boris, où on va.

— Ecoute, vieux, ça me calme. Tu peux comprendre ça ? Je me fais un sang d'encre.

Il écrasa quand même sa cigarette dans le cendrier plein à ras bord.

— Tiens, j'oubliais quelque chose. Dans ton malheur, il y a au moins une nouvelle. Le type du labo qui a examiné les cheveux sur l'oreiller dit qu'il n'est plus sûr que ce soient les tiens. Il paraît que c'est beaucoup plus compliqué qu'on croit, d'identifier un cheveu.

Boris eut un ricanement étouffé.

— Ça me fait une belle jambe. Cheveux ou pas, avec le reste, on aurait envoyé au trou le bonhomme depuis longtemps.

Il réfléchit.

— Et le mari d'Elizabeth, le vieux toubib, comment il va ?

— Toujours sous calmant à l'hôpital.

Boris se mordit les lèvres.

— Pauvre vieux...

Aimé Brichot se leva péniblement.

— Il faut que je rentre. Je m'y remets dès demain.

Boris le raccompagna jusqu'à la porte.

— Ne te fatigue pas. Il n'y a qu'une piste.

Une fois sur le palier, Aimé Brichot se retourna :

— Et Arreti, tu as une idée sur la manière dont il va s'y prendre ?

— Aucune. Mais qu'est-ce que tu veux que je fasse, sinon lui faire confiance ?

Après avoir refermé la porte, Boris se massa longuement le visage à deux mains : jamais, il n'oserait avouer de quelle façon le Corse lui avait proposé de l'aider...

Il se jeta sur son lit tout habillé. Il n'avait même pas Ghislaine sous la main pour se confier. Elle était en voyage à l'autre bout du monde.

CHAPITRE VII

On ne peut pas faire partouze tous les soirs, ou même seulement casser juste à deux les ressorts du lit conjugal. Ce soir-là, il y avait concert à la télé. Jeanne-Marie et Michel Besnard-Duthoin adoraient Vivaldi. Surtout les *Quatre Saisons*. Données à partir de vingt-deux heures, en différé du Philharmonic Orchestra de Boston. Par satellite.

Dans le salon meublé très classique, c'est-à-dire Louis-XV et Louis-XVI mélangés, de leur appartement de la rue Raynouard ils donnaient, assis l'un à côté de l'autre dans un canapé profond, l'image du parfait couple bourgeois intello qui attend encore un an ou deux avant de faire le premier enfant.

Avant le dîner, ils avaient fait leurs comptes. Au train où Jeanne-Marie « travaillait », la maison de campagne était pour dans trois ans au plus. Pas mal. Ils n'auraient respectivement que trente et vingt-cinq ans. En outre, Michel venait d'apprendre sa promotion à un poste supérieur le matin même. L'avenir était tout peint en rose.

Rose comme le déshabillé d'Elizabeth. Rose comme le pompon de ses mules surélevées. Sans doute elle avait les yeux cernés : le client de l'après-midi, un diplomate allemand, avait été très fatigant. Mais il avait beaucoup rallongé. Et demandé si un week-end n'était pas possible, très rapidement, à Bonn. Michel avait été d'accord tout de suite, évidemment. Même si l'anniversaire de Jeanne-Marie tombait pendant le week-end. Le boulot, c'est le boulot, n'est-ce pas ma chérie ? La chérie avait dit oui avec des airs de martyre. Ravie en fait : le diplomate baisait presque aussi bien que ce fameux flic aux yeux noirs à qui elle avait posé un lapin au *George V*, par trouille.

Ils n'avaient plus jamais parlé de lui. Ni d'Elizabeth. Ça porte malheur de parler des flics. Comme des morts.

Jeanne-Marie se pencha...

— Tu veux me passer les chocolats ?

Son mari sourit : Jeanne-Marie n'avait pas vraiment fermé le haut de son déshabillé. Il caressa les seins avant d'attraper la boîte de chocolats.

— Ah non, fit-elle avec un rire de gorge. On écoute Vivaldi. Bas les pattes.

Le sourire démentait la dureté de la réaction.

— Je t'en prie. On écoute Vivaldi ou quoi ?

La sonnerie aigre du répondeur branché sur le module d'appel de leur appartement, en bas dans la rue, les fit sursauter.

— Tu attends quelqu'un ? fit Michel.

— Non. A moins que ce soit toi.

— Pas du tout. Bon, j'y vais.

Il décrocha.

— Allô ?

La voix grésillait dans l'écouteur. Il faudrait se plaindre au syndic de l'immeuble.

— Monsieur Besnard-Duthoin ?... Je suis content de

vous trouver. C'est le brigadier Duthouard, du commissariat d'à côté. Je rentrais du commissariat quand j'ai repéré votre voiture. Vous pensez si je la connais, le dernier modèle BMW... Je suis désolé, mais vous devriez descendre. On vous a cassé le déflecteur, et il y a des dégâts dedans.

Michel Besnard-Duthoin réprima un juron.

— Bon, j'arrive tout de suite. Merci quand même.

Il réapparut au salon, s'expliquant d'une voix hachée. Sa femme haussa les épaules en reprenant un chocolat dans la boîte.

— Crétin, si tu prenais un parking grillagé comme je te le rabâche depuis des semaines, tu pourrais écouter Vivaldi tranquille.

Il fit un geste d'impatience et sorti en marmonnant que les femmes sont toutes des effrénées de la dépense.

La première chose qui fit comprendre au mari de la Belle de jour que la soirée n'allait plus du tout tourner autour de Vivaldi ou d'un problème de déflecteur cassé, ce fut une sensation dure et impérieuse dans les reins, à peine fut-il sorti sur le trottoir.

Puis, très logiquement, il y eut le son d'une voix masculine. Très polie.

— C'est du 11,43. Ça fait des gros trous. Tu la fermes et tu remontes chez toi peinard.

Arrivé devant l'ascenseur qu'il venait à peine d'abandonner, Michel Besnard-Duthoin nota deux choses. D'abord, il aurait trois invités surprise. Ensuite, ils étaient gantés tous les trois.

— Ouvre l'ascenseur.

Il obéit. Il avait le cœur à cent vingt pulsationsminute et ça se voyait à ses mains : il n'arrivait pas à ouvrir.

— Ah, reprit la voix du début du cauchemar. Il y a place pour quatre. Très bien. Appuie sur le bouton. Et ne fais pas semblant de te tromper d'étage, tu habites au cinquième gauche.

Arrivé dans son salon, Michel Besnard-Duthoin regretta très fort que sa femme ait décidé de s'allonger en travers du canapé, chemise de nuit haut retroussée sur les cuisses. La télé en était au milieu du *Printemps* de Vivaldi, là où la musique est particulièrement bucoliquo-romantique.

— Chérie, on a de la visite, fit-il bêtement.

Jeanne-Marie eut une réaction de femme forte. Elle ne hurla pas. Elle se contenta de remettre un peu d'ordre dans sa tenue puis elle s'assit, genoux serrés.

— Qu'est-ce que vous voulez, bande de salauds ?

Elle fixait droit dans les yeux celui qui était visiblement le chef. Un grand châtain à lunettes, le visage poupin, yeux durs derrière les verres de ses lunettes et très élégant dans son imper mastic.

Pascal Arreti se mit à rire.

— Tiens, les putes posent des questions aux hommes, maintenant ?

Il s'avança et, très calmement, il se pencha pour gifler Jeanne-Marie à toute force. Deux aller et retour successifs qui l'envoyèrent valdinguer à plat ventre dans le tapis, fesses sorties du fouillis arachnéen de sa chemise de nuit. Elle sanglotait en se tenant les joues à deux mains.

Le Corse se retourna :

— José, le mari.

Une masse de muscles aux sourcils noirs qui se

rejoignaient fit une clé au bras gauche de Michel Besnard-Duthoin, l'obligeant à s'agenouiller, la tête penchée en avant.

— Plus bas ! La gueule dans le tapis.

Le joli visage, très seizième arrondissement, du mari s'enfonça dans le tapis. Il mordit la laine : ses épaules commençaient à craquer tellement José lui retournait le bras.

Pascal Arreti chercha la boîte de télécommande et quand il l'eut trouvée, il monta le son au maximum. Il s'affala dans le canapé.

— Georges-Arnaud ?

Un petit maigre à la limite de l'albinos se précipita.

— Encule-la.

Il rit vers Jeanne-Marie.

— Il a l'air tout maigrichon, comme ça. Mais tu vas voir ce qu'il a dans la culotte.

José avait relevé la tête de Michel Besnard-Duthoin. Pour qu'il voie bien le spectacle.

Ce fut très lent et très bien fait. Giflée une nouvelle fois à lui faire sauter les yeux hors de la tête, Jeanne-Marie s'était retrouvée en levrette, bras relevés à lui casser les omoplates et elle commençait à hurler. L'endroit par où on la prenait était peut-être sa spécialité de Belle de jour, mais là, il y avait triche. Avant de la pénétrer, l'albinos avait glissé autour de son membre un embout métallique hérissé de granulations grosses chacune comme une tête de clou.

L'empalage fut très lent et très savant. Vivaldi était depuis longtemps passé aux roucoulades tristes de l'automne quand l'albinos s'arracha. Les fesses de Jeanne-Marie étaient ensanglantées, mais elle ne pouvait pas s'en rendre compte : elle s'était évanouie.

Pascal Arreti ralluma un cigarillo.

— Georges-Arnaud, attache-la, maintenant.

L'albinos alla arracher quelques fils électriques à la salle à manger et quand il eut terminé son ficelage, Jeanne-Marie était à plat ventre, reins cassés, coudes ficelés aux jarrets. Et l'embout granulé enfoncé dans la gorge jusqu'à la garde. Georges-Arnaud prit soin de la tourner de façon à ce qu'elle voie bien ce qu'on allait faire de son mari à présent.

C'était simple. José avait fait se coucher le bourgeois sur le dos, bras attachés autour du pied d'une commode si serrés qu'il n'aurait jamais pu décoller ses épaules du tapis. Et puis, tandis que le troisième visiteur, un blond longiligne avec une Celtique maïs pendant aux lèvres, et une mèche sur les yeux, relevait les jambes du mari, José déculotta celui-ci.

Le pantalon, puis le caleçon « Fruit of the Loom » s'en allèrent tous les deux valdinguer au pied de la télé. Vivaldi se désolait musicalement que l'hiver soit venu. Le mari se désolait aussi d'être cul nu dans une position si ridicule. A voix forte au début. Puis très douce : José savait gifler aussi autoritairement que Pascal Arreti.

Lui attacher les chevilles au pied de la commode tout contre ses poignets ne fut que l'affaire d'une paire de minutes : la salle à manger voisine était désormais complètement dans le noir à force d'être dépossédée des fils électriques de toutes ses jolies lampes d'ambiance achetées pas plus tard qu'il y avait trois semaines. Merci Jeanne-Marie, de rapporter gros.

A présent, la vue d'ensemble du salon bourgeois donnait ceci : un grand mince, élégant, affalé dans le canapé, cigarillo au bec. Par terre, à sa gauche, une jolie brune à plat ventre, cassée en deux de façon très désagréable par les fils électriques reliant très serrés ses coudes à ses jambes. La mèche dans l'œil et la bouche écartelée par un objet bizarre avec comme des pustules de métal qui lui soulevaient les lèvres et lui donnaient un rictus tragique. Chaque fois qu'elle essaye de se rouler au moins de côté, elle écope d'une nouvelle gifle. Alors, très vite, elle reprend la position voulue. Et elle ne bronche surtout pas. Les yeux écarquillés.

Au-dessus de Jeanne-Marie, il y avait José, qui s'amusait à lui faire partir sur la peau des fesses une allumette suédoise en rigolant pour allumer un cigarillo à lui. Puis en face d'elle, les fesses à poil de son mari, aussi relevées dans le menton. Testicules et sexe pendants. Lui aussi essayait encore de protester de temps à autre. Mais il apprenait vite à se calmer : des coups de tatane de l'albinos dans les testicules, ça fait plutôt mal. Il vaut mieux obéir.

Quelqu'un manquait dans le paysage, tandis que le commentateur de la télé délirait sur le talent fabuleux du Philharmonic Orchestra de Boston dans son interprétation des *Quatre Saisons*. Le longiligne à la Celtique maïs pendante. Mais non, le voilà qui revenait. Et il avait trouvé dans la chambre à coucher ce qu'il cherchait.

Une ampoule flamme. Une de ces ampoules électriques tout en longueur, avec des ondulations dans le verre, qu'on met aux appliques murales.

Il s'assit à côté de Michel Besnard-Duthoin et entreprit d'extraire l'ampoule et son fil de l'applique qu'il avait carrément arrachée au mur de la chambre conjugale. Puis il bricola le tout avec un Opinel et brancha la prise. OK, ça fonctionnait. La lampe s'allumait.

Il tira un peu de fil, juste pour pouvoir aller jusqu'aux fesses du mari. Puis il tapota les fesses légèrement.

— Regarde bien, la bourgeoise.

Entre-temps, il avait pressé l'olive, à mi-chemin du fil, pour éteindre l'ampoule. Il se tourna vers Pascal Arreti.

— Chef, il va gueuler. On le bâillonne ?

Le Corse agita la main d'un air excédé.

— Georges-Arnaud. La radio. Mets sur NRJ. Au maxi. A cette heure-ci, ça rocke ferme.

Le salon se mit à hurler le dernier truc à la mode. Ça hurlait *vraiment*. Les voisins allaient dire que décidément les Besnard-Duthoin étaient un drôle de couple. Eux si paisibles d'habitude. Si Vivaldi...

Georges-Arnaud, tenant toujours l'ampoule de la main gauche, attrapa avec la main droite les testicules offerts du bourgeois. Et il se mit à tourner, comme on fait des nœuds avec les cordages dans la marine. Hop, un tour, hop encore un et hop, on tourne toujours.

Michel Besnard-Duthoin poussa un gémissement très pitoyable.

— Je vous en prie...

Hop, encore un tour. Cette fois, le cadre supérieur avait l'impression qu'au tour suivant, ce serait la castration par arrachement pur et simple. Il essaya de prévenir du danger en mettant de la conviction dans sa supplique. Résultat : un tour de plus. A ne plus savoir quelle est la droite et quelle est la gauche. En face de ses fesses, Jeanne-Marie venait de parcourir dix bons centimètres en arrière sur le ventre. José s'était aperçu qu'elle était presque arrivée à repousser l'embout qui lui dilatait le maxillaire à force de mordre à l'avant dedans à coups de dents successifs. Hop, un coup de talon bien à plat dans l'embout.

L'embout faillit disparaître complètement dans la bouche et José se pencha pour le faire ressortir un peu. Ils n'étaient pas venus pour tuer. Juste pour faire souffrir.

Du côté de la commode, il y eut un brin de conversation. Très rapide.

— Tu as pigé ? Si tu gueules, je donne deux tours de plus. Chaque fois que tu gueules, pigé ?

Pigé. Michel Besnard-Duthoin bafouillait dans sa bave que oui, c'était pigé. S'il vous plaît, donnez un tour de moins, OK, mais c'est juste en signe d'avertissement, hein ?

Le longiligne se retourna :

— Patron, rigola-t-il, regardez-moi ça ! Les mocassins Weston, les chaussettes montantes. Et le cul ouvert. Merde, qu'est-ce que c'est ignoble un cul de mec. Pouah !

Pascal Arreti secoua la cendre de son cigarillo dans le cendrier de cristal de Baccarat à côté de lui. NRJ hurlait de plus belle. Fatigant, mais il fallait ça pour la suite.

La suite ne tarda pas et le bourgeois aux fesses offertes comme un nourrisson qu'on talque avant de le langer eut beau émettre des protestations étouffées au maximum, vu les risques de tour de vis supplémentaire de ses testicules, le longiligne à la Celtique maïs pendante au coin de la lèvre eut vite fait bien fait d'introduire l'ampoule flamme dans cette partie intime de l'individu que le sexe masculin et le sexe féminin ont en commun.

Le suppositoire de verre torsadé était en place. Avec

la douille dépassant tout juste entre les fesses. Et le fil qui pendait dans la moquette. Relié à la prise murale. Avec une olive à bouton au milieu du fil.

José refila un coup de tatane dans le menton de Jeanne-Marie.

— Il est pas mignon tout plein, le cul de ton mari ? On va l'allumer, crois-moi.

Pascal Arreti se leva et vint se placer juste à la verticale du bourgeois dans la position type du « talque-moi, Maman ».

Il tapota de l'index sur son cigarillo et un peu de cendre chaude descendit cramer quelques poils fessiers de Michel Besnard-Duthoin qui se tortilla. Sans crier : le longiligne tenait toujours ferme ses testicules de la main gauche.

— Monsieur le cave qui se prend pour un mac, j'ai quelques questions à vous poser. Mais avant, pour m'assurer de la sincérité de vos réponses, et aussi pour gagner du temps, parce que tout ça m'ennuie profondément, on va vous faire comprendre qu'il ne faut pas plaisanter.

Il se releva et claqua des doigts en direction du longiligne.

— Lumière, please.

Le longiligne pressa le bouton de l'index.

Au début, ce n'est pas forcément désagréable, une ampoule qui s'allume quelque part à l'intérieur du creux des fesses. On est là, entravé de façon blessante pour la fierté, surtout devant son épouse. Alors, d'une certaine façon, ça réconforte le moral d'avoir un peu de chaleur au plus intime de soi-même dans cette tourmente de méchanceté qui vous a sauté dessus, comme ça, en pleine soirée Vivaldi, dans un appartement douillet.

Le problème, c'est que ça chauffe diablement vite, une ampoule.

On commence à se tortiller. Ce n'est pas vrai, ils ne vont pas me cramer là-dedans ! C'est juste pour plaisanter ! On gigote, on se cabre, on rue. Résultat, on prend des coups de pied dans les reins. Alors, on se calme. On se mord la langue. Surtout, ne pas crier. « Deux tours de vis de plus » a dit le longiligne à la Celtique maïs.

Et puis, la cocotte minute arrive au bord de l'explosion. Non, pas possible ! Ils vont me frire de l'intérieur. C'est indigne. Ha, ha, ha...

Michel Besnard-Duthoin ne pouvait plus se retenir. Il hurlait plus fort que le petit génie de service de NRJ.

Pour se calmer aussi net : deux tours de vis de plus.

Le longiligne se tourna, rigolard :

— Qu'est-ce qu'il transpire ! Il va inonder le plafond du dessous !

Maintenant, Michel Besnard-Duthoin râlait comme un phoque.

— Non, non... Arrêtez... Qu'est-ce que je vous ai fait ?... Pitié... pitié...

Pascal Arreti se pencha. Et il éteignit lui-même l'olive. L'entrefesse du supplicié commençait à fumer.

— Enlève l'ampoule.

Le longiligne s'exécuta à regret.

— Merde, ça commençait à devenir marrant.

Il agita l'ampoule en la tenant à bout de doigt par la douille en direction de Jeanne-Marie.

— Tu en veux aussi, salope !

Pas de réponse. On ne peut pas répondre avec un

embout d'au moins quatre centimètres de diamètre planté dans la gorge.

Pascal Arreti attendit que le longiligne ait suffisamment giflé Michel Besnard-Duthoin pour le réveiller de son évanouissement.

Il s'accroupit au-dessus de lui et se mit à tamponner avec le dos de sa main gantée le front inondé de sueur aigre.

— Bon, j'espère que tu as compris qu'on ne plaisante pas.

Le mari le fixait avec des airs de Christ cruficié pour la nième fois de la journée. Il bavait.

— Qu'est-ce que vous voulez ?... Qu'est-ce que vous me voulez ?

Pascal Arreti fit sauter d'une chiquenaude une morve gênante dans le paysage, côté lèvre supérieure.

— Je vais te poser des questions. Et tu y répondras. Avec sincérité. Sinon, quand on s'en ira, on t'aura remis l'ampoule dans le cul. Allumée. Tu piges ?

Le bourgeois pigeait. Il était prêt à répondre à toutes les questions.

— OK. On y va.

Le Corse se tourna vers le longiligne.

— L'ampoule a refroidi ? Parfait. Remets-la lui.

Il eut un sourire carnassier vers Michel Besnard-Duthoin.

— Clic-clac sur l'olive. Clic-clac. Facile. L'EDF n'a pas annoncé de coupures de courant pour cette nuit, tu vois ce que je veux dire ?

Il tira une chaise à lui et s'assit dessus à califourchon. Toujours avec son cigarillo à la main.

— Première question. A qui tu règles les trente pour cent sur les passes de ta femme ?

La réponse lui parvint dans un glou-glou venu de l'estomac ?

— Je vous en prie. Je ne sais rien de tout ça... Ma femme traitait avec Elizabeth... C'est Elizabeth qui s'occupait de ça.

Pascal Arreti se tourna vers le longiligne :

— Clic-clac.

— Non ! hurla Michel Besnard-Duthoin.

Très vite le non se transforma en plainte inaudible dans les surexcitations syncopées de NRJ.

— Coupure, fit Pascal Arreti.

Encore un peu de cendre alla atterrir sur les fesses.

— Pourquoi tu te bats comme ça ? Qui tu as à défendre ? Tu es là, tu vas mourir le cul cramé du dedans si tu ne réponds pas à ma question. Et tu continues à faire le faraud. Connard. C'est ta peau qui est en jeu. Tu n'as pas compris ?

Maintenant, Michel Besnard-Duthoin dégueulait. Carrément. Tout son dîner. Pascal Arreti se recula, dégoûté.

— Georges-Arnaud...

L'albinos s'en alla, à la recherche dans la cuisine. Quand il revint, il tenait un seau rempli à ras bord. Le mari reçut la douche en pleine figure.

— Ah, tu es un peu plus présentable, fit le Corse en rallumant un cigarillo. On peut recommencer. Qu'est-ce que tu as donc de si important à cacher ? Qui tu couvres ? Raisonne un peu. Tu n'en es plus là.

Derrière eux, Jeanne-Marie s'était mise à gigoter en essayant de faire sortir des sons. Pascal Arreti se retourna.

— José...

L'arrachage de l'embout la fit hurler de douleur, mais elle réussit à ne pas s'évanouir.

— Michel... Michel... Dis-leur... Je t'en supplie...

L'embout réintégra sa place aussi sec.

— Alors ? reprit Pascal Arreti. Tu vois, tu as une femme raisonnable. Ecoute-la.

Le bourgeois souleva la nuque.

— Ils vont me tuer... Jurez-moi au moins de me mettre à l'abri... Et Jeanne-Marie aussi... Emmenez-nous, je vous en supplie.

Cette fois, Pascal Arreti lui balança sa cendre en pleine figure.

— Commence par cracher. On verra après.

Au fond, l'histoire de Michel Besnard-Duthoin, cave bourgeois curieux de choses, était assez classique. Un jour le patron de son entreprise d'import-export de tapis l'avait emmené dans une soirée spéciale genre partouze. Et ça avait été la révélation pour Michel Besnard-Duthoin. Puis l'engrenage. Sa femme participait aux partouzes. Puis l'amie d'enfance, Elizabeth. Et l'idée, peu à peu, de faire comme les copains : arrondir ses fins de mois avec sa femme en la prostituant. Très excitant de prostituer sa femme. Ça rapporte. Et puis, ça la rend plus excitante. Fabuleux. Et voilà comment il avait mis le doigt dans l'engrenage.

— Quel engrenage ? fit Pascal Arreti.

Le mari hésitait à répondre. Clic-clac.

— Non ! Je vais tout vous dire !

Clic-clac. L'ampoule refroidit.

Maintenant, Michel Besnard-Duthoin avait une élocution très hachée et il avait fallu baisser NRJ. José, Georges-Arnaud et le longiligne s'amusaient à lutiner Jeanne-Marie, surtout du côté des fesses, accroupis en rond autour d'elle.

— On ne vend pas que des tapis dans mon entreprise. On roule aussi de la drogue dans les tapis, à Istambul. Les tapis qu'achètent là-bas les touristes... Et puis, il y a le commerce inverse, celui des filles... vers les émirats...

Pascal Arreti se gratta le nez :

— Combien tu allais vendre ta femme ? En racontant après qu'elle avait été enlevée. Réponds. Ou tu veux du clic-clac ?

Michel Besnard-Duthoin avala sa morve.

— Cent mille dollars.

Le Corse sifflota.

— Et si elle était blonde, deux cent mille, hein ?... Salaud.

Il approcha la braise de son cigarillo du visage du bourgeois entravé comme un bébé qu'on talque et lui grilla tour à tour les deux sourcils.

— Pourquoi ton patron a fait tuer Elizabeth Poussin ?

La braise se promenait d'une narine à l'autre.

— Grouille, je n'ai pas de temps à perdre !

— Parce qu'elle voulait appeler la police.

— La police ? Raconte mieux.

Le cave-maquereau raconta. Il était là quand ça s'était passé. Un jour d'arrivage de coke dans un tapis. Après, on bat le tapis, et la poudre tombe. Le Turc avait demandé une fille pour la nuit. Elizabeth. Puis il avait voulu l'acheter.

On lui avait amené Elizabeth. Mais elle avait rué

dans les brancards. Le Turc avait un lupus, une maladie de la peau.

C'est alors, là, dans le bureau du patron, qu'elle avait piqué sa crise. Elle appelerait les flics. Elle avait entendu parler d'un certain Boris Corentin. Un type fabuleux. Il la sauverait. Laissez-moi partir. Je ne veux plus vous voir !

Il n'arrivait pas à continuer. Il s'étranglait.

— Clic-clac, fit Pascal Arreti.

— Non ! Non ! OK, je dis tout...

C'était fou ce qu'il lui restait de réserve de bave. Ça n'arrêtait pas de dégouliner de ses commissures. Renversé comme il l'était dans la moquette sous la commode, ça lui coulait presque dans les yeux et il pleurait comme un nourrisson qui n'a rien à manger depuis trois jours.

— Ils l'ont droguée. Et puis, ils l'ont conduite au studio de la rue de la Pompe. Je ne suis pas allé avec eux, mais ils connaissent des drogues qui donnent l'air normal. Sûr que personne ne s'est aperçu de rien si on l'a vue.

Il déglutissait comme un noyé qui a bu trente-six tasses.

— Au retour, le patron m'a dit qu'il était soucieux. Ce Corentin ne lui disait rien qui vaille. Trop bon flic. Trop bon chasseur...

« Je me rappelle, il m'a offert un whisky et il m'a dit que si je parlais de tout ça, j'étais un homme mort. Trop d'intérêts étaient en jeu.

Pascal Arreti se pencha et attrapa l'olive. Clic-clac.

— Continue, tu m'intéresses. Et vite.

Michel Besnard-Duthoin se tordait comme une anguille sur un barbecue.

— Les émirats payent très cher. C'est comme pour les voitures volées. Les belles voitures... On passe les filles droguées... Accompagnées, bien sûr. Ha, ha, arrêtez...

Le Corse fit clic-clac.

— Je t'écoute toujours. Parle-moi encore de ce flic, de ce Corentin.

Michel Besnard-Duthoin le fixa par-dessus ses fesses grotesquement offertes.

— Ils ont besoin de lui... Pour deux raisons. D'abord, il y a un flic, un petit flic de rien qui a mis le nez dans le trafic. Rien de sûr encore, mais il va mathématiquement remonter jusqu'à la Mondaine. Donc à Corentin. Ensuite, il fallait absolument coincer Corentin. En lui mettant le crime sur le dos. Après, donnant donnant. On le blanchit du crime et lui, il aide.

Derrière eux, José commençait à s'envoyer Jeanne-Marie, côté pile, bien sûr. Pendant ce temps-là, Georges-Arnaud et le longiligne avaient entrepris de lui tirer les pointes des seins. Histoire de voir jusqu'où ça peut se laisser tirer sans craquer, une pointe de sein.

— Il aide comment ? fit Pascal Arreti en se retournant vers le mari.

Michel Besnard-Duthoin suivait désespérément du regard la main qui attrapait l'olive.

— Je vous en prie. Je parle. Je dis tout... Ils vont l'appeler. Demain soir. Pour lui mettre le marché en main. En échange de la preuve qu'il n'est pas l'assassin, ils vont lui demander de convoyer les filles. Parce que ça va se faire par groupes... Tout ça prend de l'ampleur... Il y a des faux voyages organisés de prévus. Avec des mineures. Il faut une couverture officielle.

Pascal Arreti fit le tour des testicules avec le bout de son cigarillo. Ruades du mari dans ses liens.

— Tu te fous de ma gueule ? Depuis quand c'est compliqué pour une fille, même mineure, de sortir de France ?

Et l'aveu, le dernier aveu, lui parvint de dessous la commode.

— Ils veulent lui faire rentrer de la coke en France. Un bagage d'un flic de l'envergure de Boris Corentin, ça ne se fouille pas.

Pascal Arreti se remit debout et il battit des mains.

— Les enfants, on a fini. On rentre.

— Merde, jura le longiligne, juste quand c'était mon tour d'enculer la brunette !

Pascal Arreti sourit :

— OK, pas d'injustice. Mais grouille-toi.

Il se repencha sur le mari.

— Le nom du patron. Et l'adresse.

Il nota sur un calepin de chez Hermès.

— Parfait. Maintenant, toi, tu la boucles. Et ta gonzesse aussi. Vous avez intérêt tous les deux. Si vous causez, on revient. Il y a bien une autre ampoule du genre de celle-ci dans ta salle de bains. On ne sera pas pressés. Vous crèverez tranquilles.

Michel Besnard-Duthoin se souleva dans ses fils électriques.

— Pour qui vous êtes venu ? Pour vous ? On ne vous connaît pas. Pour qui ?

Pascal Arreti contempla une dernière fois cette chose masculine cul nu avec une ampoule plantée dans le cul et un fil qui pendait.

— Pour un ami, connard.

Sur le seuil, il fit signe à ses hommes de libérer la

fille. Rien que la fille. Avec deux baffes en pleine figure après pour la faire tomber dans les pommes. Au réveil, elle libèrerait son mari.

Et puis, ils auraient tout le temps de causer de l'impérieuse nécessité d'écraser en se tamponnant l'un l'autre et tour à tour les fesses à l'eau oxygénée.

*
**

Retourné chez lui, c'est-à-dire dans son hôtel particulier spécial du côté de la rue Lepic, Pascal Arreti traversa la grand salle à manger où les clients commençaient à déshabiller les filles autour des tables au rythme de la salsa. Il monta directement à son bureau et referma soigneusement la porte capitonnée derrière lui. Puis il alla fouiller des étagères. Il mit du temps à trouver ce qu'il cherchait.

Les *Quatre Saisons* de Vivaldi.

Il engagea la cassette dans le logement approprié d'un appareil venu du Japon par combine hors douane et s'enfonça dans son fauteuil, bras croisés derrière la nuque.

Vivaldi. Ah, Vivaldi...

Il s'arracha à son bien-être et il décrocha son téléphone en pianotant des touches.

— Corentin ? Ça y est, j'ai le tuyau.

Dans les quatre enceintes en double stéréo disposées aux quatre coins de son bureau, Vivaldi en était à la fin dramatique de l'été quand Pascal Arreti eut terminé son exposé. Y compris la fourniture du nom. Et de l'adresse.

Il examina la pointe de ses mocassins Gucci croisés sur le plateau de son bureau.

— A vous de jouer, maintenant.

*
**

Rue de Turbigo, Boris Corentin raccrocha très lentement.

Ainsi, il avait vu juste... Et il fallait que ce soit un truand, un mac, qui soit son seul ami...

Il décrocha son téléphone. Pas pour réveiller Aimé. Pour lui parler dans le répondeur. Pas question de le réveiller. Mais il fallait absolument qu'il dise tout à son seul vrai copain, même dans le répondeur.

Il y eut un clic. Puis la voix d'Aimé Brichot. Claire, réveillée. Fabuleusement réveillée. La voix de l'ami fidèle.

— Tu t'imaginais que je n'attendais pas ton appel ? Salaud, il est quatre heures du matin. Raconte.

CHAPITRE VIII

Il y a encore de belles propriétés à l'ancienne, tout près de Paris, avec des grandes maisons ombragées par un cèdre deux fois centenaire au milieu d'un parc où la voiture fait longtemps crisser le gravier de l'allée sous ses pneus avant de s'arrêter devant le perron. Rue des Vallières, à Ville-d'Avray, à quelques minutes du pont de Sèvres.

Arrivé devant l'adresse, Aimé Brichot s'engagea sur le « bateau » pour freiner contre un très grand portail de fer peint en vert entre deux piliers surmontés d'un lion de pierre. Boris descendit s'annoncer dans l'interphone. Il était seize heures pile. Heure exacte du rendez-vous pris ce matin même par téléphone avec l'homme qui tenait son destin en main.

Pour toute réponse, les deux battants du portail s'ouvrirent. Et le parc apparut, immense, avec des arbres de toutes les essences et des massifs de fleurs où travaillait un jardinier. Ils ne virent la maison que lorsque la voiture eut parcouru une centaine de mètres. Elle était splendide. XVIIIe siècle. Très bien entretenue.

— Ça rapporte d'être un salopard, grogna Boris pendant qu'Aimé se rangeait à côté d'une Rolls Royce

Corniche bleu ciel. Le chauffeur qui passait le plumeau sur les chromes se retourna.

C'était le chauffeur de la Mercedes 300 aux vitres fumées.

Et la femme de chambre qui les attendait sur le perron, c'était Odile. Celle de la rue de la Faisanderie, samedi dernier. Il y avait un siècle pour Boris. Elle leur adressa un regard professionnel. Vide de toute expression.

— Si vous voulez bien me suivre.

Elle les introduisit, à gauche du hall, dans une bibliothèque aux murs entièrement couverts de livres reliés derrière leurs vitres. Tout était en acajou clair. Un fabuleux tapis de soie d'Ispahan couvrait tout le parquet. Une mappemonde ancienne trônait dans son socle à côté d'une table basse où des livres et des revues étaient soigneusement rangés. Deux fauteuils de cuir profonds faisaient face à un bureau plat Louis-XV à plateau de cuir fauve. Sur une étagère, derrière le bureau, il y avait une quantité de photos de famille. Plus des photos dédicacées. Par des écrivains et des artistes du monde entier. Plus quelques hommes politiques français et européens. Et un Utrillo, un Renoir et un Picasso dans les rares panneaux privés de livres.

Boris et Aimé terminaient à peine leur reconnaissance des lieux qu'une porte s'ouvrit à droite du bureau.

L'homme qui entrait était très grand. Aussi grand que Boris. Agé d'une soixantaine d'années, il avait une superbe chevelure blanche ondulée et ce teint légèrement bistre des gens originaires du Levant. Mince et racé, il était vêtu d'un prince de Galles à gilet clair où il n'y avait pas une seule faute de coupe.

Meyte Bardim. Négociant international en tapis. Et tueur froid. Doublé d'un trafiquant de drogue et d'un maquereau à un échelon que jamais Pascal Arreti n'atteindrait.

Après avoir refermé la porte derrière lui, il s'arrêta et fixa Boris de ses yeux gris. Les lèvres étaient fines. L'expression dure et très intelligente.

— Nous étions convenus de nous rencontrer seuls, Monsieur Corentin, il me semble... Si vous commencez déjà à tricher, c'est ennuyeux.

Il s'exprimait sans le moindre accent.

Boris soutint son regard.

— Dans la police, les inspecteurs ont l'habitude de mener leur enquête à deux. C'est l'usage. Vous ne le saviez pas ? L'inspecteur principal Aimé Brichot est mon équipier. Alors, il m'accompagne.

Meyte Bardim fit le tour de son bureau et les invita à s'asseoir en face de lui.

Il y avait quelque chose d'ahurissant dans cette rencontre au milieu d'une bibliothèque feutrée entre un maître-chanteur spécialement odieux et sa victime.

— Je suppose que Monsieur Brichot vous sert plutôt de témoin, reprit le Turc.

— Si vous voulez, dit Boris. Mais il est là aussi pour que vous compreniez bien une chose : la police est derrière moi. Tout entière.

Les yeux gris sondèrent les yeux noirs de Boris. Visiblement le Turc se demandait si son visiteur bluffait ou pas sur la réalité du soutien de la police « tout entière ». Il était trop fin pour ne pas avoir entendu parler de la guerre des polices.

— Je l'espère pour vous, sourit-il.

Le regard mentait, sans chercher à dissimuler.

— En tout cas, reprit-il, je dois vous tirer mon chapeau, Monsieur Corentin. Vous m'avez vite trouvé... Mais enfin, tout ça ne change rien au fond. Je comptais vous appeler ce soir. Je suppose que vous vous doutez bien pourquoi ?

— En gros, oui, approuva Boris.

Il était de plus en plus dégoûté, mais ce n'était pas le moment de le laisser paraître.

— Bon, fit le Turc, nous allons revenir là-dessus, mais auparavant, laissez-moi tout de même vous dire que vos hommes de main n'y sont pas allés de main morte avec ce pauvre Besnard-Duthoin et son épouse. Ils sont dans un état tous les deux. J'ai dû les faire entrer en clinique.

Le regard de Boris se durcit :

— Au moins, ils ne sont pas morts, eux.

Meyte Bardim ne releva pas.

— Je veux dire, pour l'instant, reprit Boris.

Le Turc lissa le cuir de son bureau de ses longues mains fines.

— Je vais peut-être vous surprendre, mais je ne suis pas du genre rancunier. On ne peut en vouloir à personne de parler sous la torture. Le couple ne risque rien, rassurez-vous pour lui.

Il s'arrêta :

— Sauf au cas où vous chercheriez à me doubler. Par exemple, en vous servant du témoignage de votre ami sur cette petite conversation privée, en tant qu'officier de police assermenté...

Il se rejeta dans son dossier et croisa les bras.

— Donc, vous disiez : en gros. Je vous écoute. Puisque c'est vous qui avez demandé à me voir.

Meyte Bardim n'interrompit pas une seule fois Boris tout le temps que celui-ci lui exposa ses déductions sur le chantage auquel il était soumis. Tous les donnant donnant odieux. La preuve fournie qu'il n'était pas l'assassin en échange de toute une série de services rendus. Tant côté drogue que côté prostitution à l'échelon international.

Il se contentait d'approuver de la tête de temps à autre. A part le sujet traité, on aurait cru une petite conférence sur un problème des plus convenables à régler entre amis.

Quand Boris eut terminé, Meyte Bardim se mit à jouer avec son coupe-papier en onyx.

— Très bien vu, tout ça, monsieur Corentin. Le cerveau fonctionne à la perfection chez vous. Mais je le savais d'avance. Pourquoi croyez-vous que je vous ai choisi, vous, plutôt qu'un autre, outre le fait que vous êtes en quelque sorte une vedette, à la police ? Ce que vous venez d'exposer, en gros c'est ça.

Boris serra les mâchoires. A côté de lui, Aimé Brichot était immobile comme une statue. L'air d'un homme qui vit un cauchemar.

— Je suis en droit de vous poser une question, reprit Boris. Au cas où j'accepte le marché, comment comptez-vous me blanchir après toutes ces jolies preuves si astucieusement accumulées ?

— Enfantin. D'abord mon chauffeur et ma femme de chambre témoigneront qu'ils vous ont bien vu samedi après-midi entre telle et telle heure — l'heure du crime — rue de la Faisanderie. Béatrice, cette jeune femme avec qui vous avez passé trois heures, témoignera aussi. Mais ce n'est pas tout. Vous ne l'avez sûrement pas remarqué, mais vous avez été filmé. Et en arrière-plan, sur la table de nuit, il y avait une pendule donnant le jour et l'heure, plus un journal du jour.

— J'apprécie, fit Boris. Mais tout ça ne tient pas debout. Les pièces à conviction sont Quai des Orfèvres. Révéler vos preuves à vous, les vraies preuves, ce serait démolir tout l'édifice. Puisque ça me libérerait totalement. Votre chantage s'effondrerait. Sans compter que je pourrais tout raconter sur vous. Et vous créer de sérieux ennuis.

Meyte Bardim souleva les sourcils.

— Vous croyez ça, monsieur Corentin? Vous vous imaginez réellement que j'ai monté une affaire aussi complexe sans avoir envisagé toutes les hypothèses? Allons, soyez raisonnable.

Il reposa son coupe-papier :

— Vous êtes le parrain, je crois, de deux ravissantes jumelles prénommées Rose et Colette et filles, si je ne m'abuse, de votre collègue ici présent. Il peut leur arriver quelque chose. La vie est si risquée, n'est-ce pas? Et je peux attendre. J'ai tout mon temps. Vous voyez, je vous tiens dans tous les cas de figure.

Aimé Brichot s'était brutalement levé et il se ruait vers le bureau.

— Ordure!

Boris le rattrapa par les coudes juste à temps pour l'empêcher de sauter sur le bureau. Meyte Bardim ne s'était même pas reculé.

— Monsieur Brichot, prenez donc exemple sur votre ami. Il a les nerfs beaucoup plus solides que vous.

Aimé Brichot était blanc comme sa pochette en se rasseyant.

— Eh bien, reprenons, fit le maître chanteur. Vous avez encore une autre question, monsieur Corentin?

Les yeux noirs de Boris étaient des couteaux de para.

— Oui. Vous ne croyez pas que la police et le juge d'instruction vont trouver bizarres ces témoignages qui surgissent tout à coup comme par miracle ? On va enquêter sur votre chauffeur, votre femme de ménage et cette Béatrice. Fatalement, ils remonteront jusqu'à vous.

« Vous savez, quand la police met son nez dans une affaire, elle enquête jusqu'au bout.

Meyte Bardim eut son premier sourire. Des lèvres, pas des yeux.

— Mais qu'elle enquête, monsieur Corentin, qu'elle enquête. Vous avez une idée de ce qu'elle trouvera ?... Non. Alors, je vais vous aider.

Il ouvrit un tiroir et en sortit un dossier.

— Regardez donc. Ça vous intéressera.

⁂

En refermant le dossier, Boris avait lui aussi une furieuse envie de sauter sur le Turc pour l'étrangler. Tout de suite. Ce qu'il y avait dans le dossier était d'un machiavélisme fabuleux. Toutes les « preuves », irréfutables, que les tueurs d'Elizabeth Poussin, et les traficoteurs d'indices contre Boris avaient agi sur l'ordre d'un homme. Jean-Bernard Poussin, le mari.

Il y avait même une confession écrite et signée de la main du médecin, expliquant qu'il avait un jour découvert la vérité sur les après-midi de sa femme et qu'il n'avait pas seulement voulu la punir. Mais « mouiller » le flic le plus célèbre de la Brigade Mondaine, cette Brigade chargée de lutter contre le vice, et qui « faisait si mal son boulot. »

Meyte Bardim se racla la gorge :

— Vous n'êtes pas sans savoir qu'avec certaines drogues, on fait dire, et écrire, tout ce qu'on veut à n'importe qui. Il suffit d'une petite visite discrète chez la personne. Et le tour ne prend qu'une petite heure.

« Le professeur Poussin ne se souvient même de rien. Nous l'attendions chez lui et c'est pendant son sommeil que la piqûre lui a été administrée. Il dormait très bien. On dort toujours très bien quand on est obligé de prendre un somnifère puissant pour trouver le sommeil après un deuil aussi tragique. Le somnambulisme, ça se provoque aussi.

Il se pencha :

— Alors, monsieur Corentin, vous voilà convaincu ? Et vous monsieur Brichot ? Il aurait mieux valu ne pas venir, vous voyez. Le secret va être dur à garder.

Boris et Aimé se regardèrent de biais. Tout se dit dans un échange de regards.

Boris se leva.

— Très bien. Je suis coincé. C'est d'accord. Je marche.

Meyte Bardim prit l'air heureux.

— Enfin ! Je le savais : vous êtes un homme raisonnable. Eh bien, passons maintenant au vif du sujet. Les détails de notre collaboration. Vous verrez, ce sera passionnant.

***

Boris et Aimé en étaient au moment du départ quand la porte s'ouvrit. La « bourgeoise » de chez Hermès. Béatrice. Plus lionne que jamais dans un ensemble de cocktail vert amande.

— Oh, pardon, fit-elle, je te croyais seul.

Boris s'immobilisa : le Turc avait pris une étrange expression à la vue de Béatrice. Une expression humaine pour la première fois. Très tendre. Ça sautait aux yeux : il était amoureux d'elle. *Très* amoureux, même.

D'ailleurs, sa voix aussi avait changé.

— Mais entre, entre, fit-il d'un ton remué. J'ai une excellente nouvelle à t'annoncer.

Béatrice s'avança vers Boris, souriante. Les yeux de Meyte Bardim la dévoraient.

*
**

La 205 pataugeait dans un embouteillage dément sur le pont de Sèvres. Il s'était mis à pleuvoir à torrents et l'essuie-glace fonctionnait à fond.

Ils n'avaient pas dit un mot depuis leur départ de Ville d'Avray. C'est Aimé Brichot qui rompit le premier le silence :

— Pauvre vieux...

Boris se tourna lentement vers lui. Il avait les yeux hors de la tête :

— Il a dit : Rose et Colette, hein ! Il l'a dit... Très bien, alors, on n'a vraiment plus de gants à prendre. Ecoute-moi bien.

*
**

Au deuxième étage du Quai des Orfèvres, les fenêtres du bureau du commissaire Charlie Badolini restèrent allumées très tard, ce soir-là.

CHAPITRE IX

Béatrice virevolta devant la grande glace murale du hall. Et elle se sourit à la fin du petit tour de valse solitaire. Elle se trouvait ravissante, ce matin, dans sa robe de coton imprimé de pivoines. Pour la première fois de l'année, ça sentait le printemps, ce matin. Soleil enfin établi sur le parc, douce chaleur dans le fond de l'air. Ouf, l'hiver était bien fini.

Et tout marchait sur des roulettes pour elle. Meyte avait été génial, comme d'habitude, avec sa combine du flic. Plus génial encore que d'habitude. Elle voyait déjà ça comme si elle y était. Des passages et encore des passages de coke ni vu ni connu. Et des passages et encore des passages de filles en sens contraire. Le jack-pot. Dommage seulement que le flic victime soit si beau. Et baise si bien. Mais elle comptait fermement ne pas en rester là avec lui. Le temps efface bien des rancœurs, c'est connu. Il lui reviendrait. Et elle vivrait dans l'opulence, l'existence exacte dont elle avait toujours rêvé. Du fric, beaucoup de fric. Un amant athlétique aux yeux noirs. Et un vieux régulier à cheveux blancs.

Dont elle saurait se débrouiller pour lui faire oublier

sa sacro-sainte famille turque d'Istanbul aux si agaçantes photos sur la tablette derrière son bureau. Elle se donnait quatre ou cinq ans maximum. Meyte était fou d'elle. Il faudrait bien qu'il en arrive un jour à être fou au point de revoir son testament...

Une porte s'ouvrit dans son dos : Odile. Plateau d'argent à la main. Ah, le courrier. Elle attrapa toute cette correspondance en réprimant un juron : pratiquement rien que des lettres postées à Istanbul. Elle connaissait les écritures. L'épouse, les enfants, la tante, la cousine, le cousin. Toute la smala. La smala qui était son ennemie, elle, la voleuse de Meyte.

Elle reposa rageusement le paquet de lettres dans le plateau.

— C'est pour monsieur. Apporte-le-lui.

Puis elle sortit faire un tour de jardin. Histoire d'aller enquiquiner le jardinier avec ses connaissances d'horticulture. On ne le lui faisait pas, le coup des bégonias qui ont besoin de terre de bruyère. Ça a besoin d'une bonne terre lourde, bien épaisse. Voyons, Marc, replantez-moi tout ça ailleurs. Et vite, avant que j'en parle à monsieur.

Elle repartit sur l'allée gravillonnée en se tordant un peu les chevilles : Meyte aimait les talons très hauts. Elle réfléchissait. Essayant de chercher la faille dans le plan dont elle avait été l'inspiratrice. Très culotté tout ça... Mais elle avait eu raison. La preuve : le flic avait mis genou à terre. OK, il avait été génial dans sa combine de trouver le premier la trace de Meyte, via ces pauvres cloches de Michel et Jeanne-Marie Besnard-Duthoin, mais il avait bien dû plonger. Elle rit encore pour elle toute seule au souvenir des trois heures passées rue de la Faisanderie. Quand même, qu'est-ce qu'il avait été fameux ! Pas tous les jours qu'on rencontre un amant pareil. Un reste d'humanité lui fit regretter le coup des lignes de la main. Mais ça avait été plus fort qu'elle. Les joueurs ne peuvent pas s'empêcher de se donner ce petit genre de plaisir un rien sadique. Et elle était très joueuse. En vrai. Elle rit encore : le flic avait une ligne de chance fabuleuse : nette et droite, sauf un accroc. Là, elle rit moins. Ho ! Elle n'allait pas croire aux lignes de la main !

Bon, il était dix heures. Là-haut, Meyte devait se frictionner au gant de crin. A midi, le flic reviendrait.

Aux ordres.

Mais elle ne serait pas là pour voir ça. Rendez-vous chez Carita.

Béatrice sursauta au détour d'un bosquet. On la sifflait. Le sifflement d'un homme qui siffle une fille. Elle se bloqua, cherchant du côté du son. Pour éclater de rire aussitôt : Meyte. En robe de chambre au milieu d'un parterre de jonquilles.

— Tu es fou. Qu'est-ce que tu fais là ?

Il s'avança.

— La même chose que toi, j'ai eu envie d'admirer la belle nature dans son renouveau printanier enfin venu.

Il reçut Béatrice dans ses bras. Il n'était pas encore rasé mais il sentait bon Trophée Lancôme. Ahurissant comme il restait jeune d'allure à soixante ans malgré ses cheveux blancs. Et jeune avec le beau sexe aussi. Béatrice en savait quelque chose.

Meyte lui murmura des tas de choses tendres dans l'oreille. Il n'était plus du tout le négociateur dur, le maître chanteur prêt à tout. Mais un vieil amoureux qui palpitait contre une fille de vingt-cinq ans.

— J'ai envie de toi, murmura-t-il. Tout de suite.

Béatrice se mit à glousser.

— Allons, sois raisonnable...

— Pourquoi ? Ecoute : les oiseaux s'embrassent. Ecoute-les chanter après l'amour. Viens, viens, ma blanche colombe.

Il avait dit colombe. Blanche colombe. Et maintenant, il l'entraînait à l'écart sous une tonnelle cernée de thuyas taillés au cordeau.

Là, il y avait un banc de pierre aux pieds cernés de primevères jaunes et mauves. Paris ronronnait très loin et les ramiers claquaient des ailes dans les frondaisons en se cherchant d'une branche à l'autre.

Béatrice savait exactement ce que voulait Meyte quand ils faisaient l'amour dehors. Et ce n'était pas la première fois qu'ils venaient là, sous la tonnelle. Enfin, depuis l'automne dernier.

Elle fit glisser les pans de sa robe de coton très bas sur ses épaules, jusqu'à dégager les seins libres de tout soutien-gorge. Puis elle remonta la jupe à pleines mains. Déjà Meyte s'était agenouillé dans l'herbe tondue ras. Et il descendait peu à peu le slip de nylon transparent. Devant, d'abord, jusqu'à ce que la toison bouclée apparaisse. Alors, il y fourra son nez. Puis tout son visage. Béatrice criait qu'il la chatouillait.

— D'accord, fit-il. Retourne-toi.

Elle obéit, souleva cette fois sa jupe pour lui présenter ses deux lobes laiteux.

Et le slip descendit lentement, pour aboutir à la hauteur des genoux. Maintenant tout le visage du vieux Turc agenouillé s'enfonçait, nuque renversée, entre les fesses. Et Béatrice criait que sa langue la chatouillait.

— Ecarte les jambes.

Elle protesta :

— Je vais déchirer mon slip.

— Ecarte.

Elle obéit et il y eut un craquement bien avant qu'elle fût à l'équerre. Sous elle, le vieux Turc s'était retourné avec une agilité de jeune homme. Et sa langue glissait dans la toison. Glissait jusqu'à fouiller les lèvres du sexe, les écarter. Fouiller encore, pénétrer. Il tenait à deux mains les jambes de Béatrice. A la cheville droite de celle-ci, le slip déchiré faisait une petite boule abandonnée dans l'herbe. Un écureuil sauta à travers la haie et s'arrêta net dans l'herbe, ahuri.

C'était un écureuil pudique. Il s'enfuit d'un bond : impossible de supporter ce qu'il voyait : un vieil humain à cheveux blancs et en robe de chambre, renversé, les mains dans l'herbe et visage tendu, surélevé, dans l'entrejambe d'une femelle d'homme. Qui riait, riait, en s'attrapant le bout des seins hors du tissu pour les tordre dans tous les sens en renversant la gorge.

Meyte y allait de tout son cœur, attentif à donner à Béatrice le maximum de plaisir. De temps à autre, il tirait le clitoris entre ses dents, puis il le rattrapait juste avec les lèvres arrondies. Et ça faisait un bruit de grenouille. Alors, Béatrice vibrait, en se demandant comment elle parvenait encore à rester debout sur ses talons aiguilles.

Il l'agaça lentement, savamment, jusqu'à ce qu'elle hurle en lui écrasant le visage entre les cuisses. Puis elle se calma peu à peu. Et ses cuisses abandonnèrent le visage. Meyte retomba dans l'herbe à la renverse. Béatrice tituba jusqu'au banc et s'assit, épuisée.

Mais ce n'était pas fini, elle le savait. Elle ne fut pas surprise de voir le vieux Turc dénouer la ceinture de sa robe de chambre, puis l'ôter. Puis se débarrasser aussi de son pyjama de soie noire. Et de ses pantoufles de veau verni de chez Lobb. Quand il fut complètement nu. Et toujours beau malgré ses soixante ans, il s'étendit, bras et jambes en croix dans l'herbe encore humide de rosée. Sa chevelure blanche flotta en arrière dans des trèfles.

Le membre était dressé. Droit, noueux, décalotté.

Béatrice était morte de plaisir mais il fallait faire son travail. Et elle savait ce qui lui restait à faire. Elle enleva sa robe et la posa sur le banc. Maintenant, elle était nue. Sauf un corselet de cuir noir baleiné. Meyte adorait les corselets qui étranglent bien la taille. Mais il ne supportait pas qu'elle en porte autrement que pour lui. Et nue, sauf, aussi, ses très hauts escarpins noirs vernis portés sans bas : Meyte avait horreur des bas : une femme en bas est une femme habillée, même nue d'en haut.

Le tueur d'Elisabeth Poussin, le maître chanteur de Boris Corentin, le trafiquant international richissime de drogue et de filles, se tortillait sous elle, bras et jambes bien en croix, comme si ses chevilles et ses poignets étaient attachés à des pieux fichés en terre et qui lui interdisaient de rester autrement que très en croix. Il jouait des hanches et du buste, il se tordait, il laissait aller toute sa libido secrète sans le moindre complexe. Il râlait des mots sans suite.

— Maîtresse, punis-moi... Tu sais comment. Je t'appartiens... Toi seule sait mon secret. Punis-moi.

Il relevait la tête, humble et doux.

— Je t'en supplie. Punis-moi.

Béatrice se mit à arpenter l'herbe autour de lui. Plantant ses talons aiguilles dans l'herbe à ras de ses flancs et de ses aisselles. Chaque fois, il frémissait comme s'il se tordait dans des liens. Elle serrait les dents. Elle l'insultait.

— Vieux cul. Vieille peau. Si tu te voyais !

Il pleurnichait. Il demandait pitié. Mais elle insistait en martelant désormais l'herbe à ras de ses testicules.

— Tu me dégoûtes. Tu pues le vieux. Tu as beau te parfumer, tu pues le vieux. J'en ai marre de toi. Je vais me tirer.

Elle reprenait sa respiration.

— Tiens, je vais me tirer avec le beau flic. Il a une vraie bitte, lui. Il me fourre. Il me fait jouir. Toi, tu es une merde de vieux vicelard.

Meyte Bardim, le richissime, s'était mis à sangloter franchement. Béatrice rigola :

— Si tu t'imagines que tu vas m'attendrir.

Elle se pencha et le gifla à tour de bras.

— Vieux salaud. Tu as manigancé ton coup en me suivant. Où sont les gants... Ah... dans la poche de ta robe de chambre. Rampe. Va les chercher. Apporte-les avec les dents, en rampant.

Elle arracha les longs gants de cuir noir et le visage de Meyte alla heurter le bord du banc de pierre.

— En croix, et plus vite que ça.

Elle vint sauter à pieds joints, seins secoués, à ras de l'aine de Meyte, tout en enfilant ses gants l'un après l'autre. Ils montaient jusqu'au-dessus du coude. Quand elle eut terminé, elle se calma. Et subitement, c'était le ton d'une conversation purement technique.

— Noisetier ou saule ?

Meyte Bardim releva la tête. Lui aussi avait repris un visage purement technique.

— On change, tu veux ? Ceinture de robe de chambre. Fais un nœud au bout.

Deux minutes après, Béatrice piétinait le corps autocrucifié. Laminant les talons aiguilles dans le ventre, dans les cuisses, dans l'estomac, dans les côtes. En même temps, elle cravachait avec la ceinture au bout noué. Elle cravachait le sexe dressé.

Savamment. Un coup à gauche, un coup à droite. Un coup pour relever le membre qui se balançait sous le choc comme le battant d'une pendule. Puis un coup autour du gland, circulairement. Pour bien entourer le gland avec la ceinture tournoyante.

Puis elle tirait sec. Et Meyte hurlait sans que ses chevilles et ses poignets parviennent à se « libérer » des liens fictifs où ils étaient « enchaînés ».

Elle s'arrêta, mèche noyant son visage.

— Quand tu veux...

Il fit signe du menton : maintenant.

Alors, elle se recula et lui sauta à pieds joints sur le ventre, déclenchant un hurlement à réveiller le pont de Sèvres à trois kilomètres de là. Puis elle eut un mouvement savant des poignets et le « lasso » de la ceinture de la robe de chambre alla attraper le gland par en dessous.

Nouveau mouvement du poignet. Sec, cette fois. Meyte se tordit comme une anguille. Il déchargeait. Il n'arrêtait pas de décharger. A longs jets saccadés qui lui retombaient sur le ventre, sur la poitrine, sur la figure.

Béatrice se pencha, maternelle :

— Mon amour. J'ai été bien ?

Il se releva sur les coudes. Blanc.

— Tu ne peux pas savoir... balbutia-t-il. Tu ne peux pas savoir comme je t'aime.

*
**

Après, tout se passa très vite. Georges-Arnaud et le longiligne surgirent comme des personnages de contes de fées à travers les thuyas de la tonnelle. Le travail avait été visiblement réparti d'avance. Le longiligne assomma Meyte Bardim avec un revers du poignet gauche, montre inox envoyée en travers du menton. Georges-Arnaud, lui, se contenta d'attraper à deux mains le bout des seins de Béatrice en tournant comme une manivelle de voiture ancienne et Béatrice s'évanouit sans un cri.

Le mur de l'autre côté du parc était à vingt mètres et la serrure de la petite porte avait été très facile à forcer.

Cinq minutes après, Béatrice « dormait » toujours sur le tapis de sol d'une voiture quelconque, à un feu rouge entre Chaville et Versailles, dans les pieds du longiligne, assis à la droite du conducteur.

Elle fit une tentative pour se réveiller après un embranchement de petite route du côté de Clairefontaine, vers Rambouillet, mais une paire de gifles de la part du longiligne, ça renvoie dans les pommes vite fait bien fait.

Le lit où on l'installa était tout à fait élastique. Sauf qu'elle aurait nettement préféré y faire un petit dodo sans muselière. Et sans les poignets retournés dans le dos et attachés à un anneau logé dans la muselière, côté nuque.

CHAPITRE X

A première vue, ils avaient l'air de quoi, tous les trois, le commissaire divisionnaire Charlie Badolini, patron de la Brigade Mondaine, l'inspecteur divisionnaire Boris Corentin et l'inspecteur principal Aimé Brichot, à la table du fond de ce petit couscous tunisien de Belleville ?

De trois copains qui dînent avant d'aller à la pute ! De trois VRP qui se rencontrent pour une fois à Paris ? De l'oncle qui invite deux neveux de passage à Paris ?

Ils avaient l'air de tout ça autour de leur énième bouteille de Sidi Brahim. Sauf l'air de ce qu'ils étaient en vrai. Trois complices d'un enlèvement. D'un kidnapping. Et par le biais d'un truand corse notoire. L'illégalité absolue. De quoi se faire jeter, avec lapidation à la clé, de la police.

Ils avaient monté leur coup ensemble, tous les trois, très tard hier soir dans le bureau Empire du patron de la Brigade Mondaine et maintenant, c'était *Inch Allah.* Personne d'autre ne savait rien. Personne. Et surtout pas le dirlo. Ou le ministre de l'Intérieur. Ou le juge d'instruction.

Charlie Badolini vida son verre de Sidi Brahim.

— Je n'ai pas besoin, les enfants, de vous détailler le volcan sur lequel on est.

Silence général. Puis Boris prit une aspiration.

— Chic à vous deux quand même. Fabuleux d'avoir des amis.

Charlie Badolini se cabra.

— Minute, Boris. Je n'ai pas seulement donné mon accord à ce coup pourri par amitié pour vous. L'honneur de la Brigade est en jeu aussi. Ne l'oubliez pas.

Aimé Brichot lui resservit à boire.

— Bon, on est vendredi soir. Le Turc est déjà en train de préparer sa contre-attaque. Qu'est-ce qu'on fait ?

Boris se tourna vers Charlie Badolini.

— Au fait, je ne l'ai même pas appelé. Qu'en pensez-vous ? C'est nécessaire ?

Charlie Badolini s'enveloppa d'un nuage de fumée.

— Ça ne lui apprendra rien, évidemment. Mais vous, vous apprendrez toujours quelque chose en l'appelant. Ne serait-ce que le ton qu'il aura.

Il tendit l'index vers les vitres de la terrasse.

— Il y a une cabine en face. Vous avez votre carte magnétique ?

Boris eut d'abord Odile : elle était désolée. Monsieur se reposait. Il répéta son nom. Et il y eut un bref silence.

— Bon, je le préviens.

Meyte Bardim avait totalement repris son self-control. Pas étonnant. Mais pas réconfortant. Boris s'accouda à la console de sa cabine. De l'autre côté, un chauffeur de taxi en attente s'extrayait méthodiquement des morves du nez.

— Si vous croyez m'impressionner avec cet enlèvement de Béatrice, vous vous trompez complètement, disait le Turc d'une voix paisible de quelqu'un qui cause de la meilleure année à choisir pour l'achat d'un bordeaux.

Boris laissa passer quelques secondes.

— Monsieur Bardim, fit-il. Tout homme a sa faille. Y compris vous.

La voix marqua un temps d'arrêt dans l'écouteur.

— Que voulez-vous dire ?

— Oh, c'est simple. Vous m'avez beaucoup intéressé, hier matin, avec votre remarquable série de déductions. Vous vous souvenez ? Style : j'ai tout prévu, même l'imprévisible.

L'écouteur restait muet.

— Monsieur Bardim, reprit Boris, vous avez commis une erreur. Une seule. Quand Béatrice est entrée hier matin dans votre bureau, vous l'avez regardée avec les yeux de l'amour. Désolé, mais j'ai noté. Vous pigez ?

L'écouteur resta muet encore une quinzaine de secondes.

— Monsieur Corentin, chapeau. Je vous savais futé. Je ne savais pas qu'un flic, même de votre envergure, puisse être aussi un fin psychologue. Quelles sont vos conclusions ?

Boris examina de loin, là-bas, derrière la vitre enfumée de la terrasse, les silhouettes voûtées de Charlie Badolini et d'Aimé Brichot. Les copains.

Ses seuls copains.

— Donnant-donnant, dit-il. Vous abandonnez tout. Vous mettez en route le témoignage de la femme de chambre, du chauffeur, etc. Et ce n'est pas tout, vous m'apportez, signée de vous, une décharge complète sur l'histoire du professeur Poussin. Et tout le reste. Bref, on tire un trait tous les deux sur une lamentable affaire loupée. Et ce n'est pas tout. Jeanne-Marie et Michel Besnard-Duthoin sont transférés dans un hôpital contrôlé par la police.

Il s'arrêta un instant :

— Et vous arrêtez votre double trafic. Drogue et filles. Vous avez intérêt. C'est fini, Meyte Bardim. C'est fini, vous êtes cuit.

C'était fou ce que l'écouteur tardait à répondre. Il se décida enfin.

— J'ai des appuis. Très haut placés. Des gens qui vous casseront. Vous n'êtes qu'un pion dans des affaires beaucoup trop compliquées pour vous. (Il y eut un petit rire :) — Cher monsieur Corentin, depuis quand la police peut-elle se permettre d'adopter les méthodes des voyous ? Enlever une femme, ça ne se fait pas, quand on est de la police.

Boris serra les dents.

— Qui vous dit que c'est la police qui a enlevé Béatrice ?

Bref silence.

— Enfin, c'est pour vous qu'elle a été enlevée ! Peu importe par qui.

Un Noir cognait à la vitre de la cabine. Boris ouvrit. Avec un billet de cinquante francs pour le calmer. Ahurissement du Noir, qui alla aussi sec rêvasser aux charmes perdus de son Gabon natal en tirant des coups d'Adidas crasseuses dans un tas de mégots lourdés dans le caniveau par un automobiliste qui avait dû profiter d'un embouteillage pour faire le ménage du cendrier de son tableau de bord.

— Monsieur Bardim, reprit Corentin, à moi de vous demander d'être raisonnable. OK, je suis flic. Et il y a parfois des moments où la fin justifie les moyens. Si je marche dans votre combine, je suis perdu. Alors, mettez-vous à ma place. Je n'ai plus le choix des moyens.

Il se paya le luxe de s'arrêter.

— Vous tenez à Béatrice. Si avant dimanche soir, les preuves de mon innocence ne sont pas parvenues Quai des Orfèvres, je ne pourrai plus rien pour Béatrice.

Il s'arrêta de nouveau :

— Monsieur Bardim, j'ai vu le rapport d'autopsie d'Elizabeth Poussin. Horrible... Celui de Béatrice peut être au moins aussi horrible. Désolé. Ce n'est pas moi qui vous dit ça. C'est un ami. Il n'est pas de la police, mais c'est un ami. Figurez-vous qu'il s'est remis dans la tête de prendre ma défense. Vous n'allez pas m'en vouloir d'avoir des amis...

Dans l'écouteur, la voix marqua un bref instant d'hésitation.

— Monsieur Corentin, ne tournons pas autour du pot. Vous tenez Béatrice. Je tiens votre destin. Vous savez ce qu'il nous reste de mieux à faire ? Réfléchir l'un et l'autre. Jusqu'à demain. Je vous rappelle à huit heures.

Il y eut le petit clac du téléphone qu'on raccroche.

⁂

Boris accepta la Celtique maïs que lui tendait Charlie Badolini. Au-dessus d'eux, le serveur à moustache insistait très sincèrement pour qu'ils essayent tous les trois le charme papillaire de la « brique », fameux gâteau tunisien.

OK, va pour la brique. Le serveur repartit, la mine satisfaite. Charlie Badolini se pencha.

— C'est un vieux dur à cuire, hein ?

— Boris fit signe que oui.

— Désolé, Patron, fit-il. Je vous mets tous dans la merde...

Charlie Badolini soupira :

— Ne flanchez surtout pas, mon cher Boris. Il veut vous avoir au culot.

— OK, patron, mais on est vendredi. Dimanche, je plonge.

Le vieux Niçois lui prit le poignet.

— Quand on s'appelle Boris Corentin, on ne se laisse pas impressionner. Vous allez arrêter, à la fin, d'avoir des scrupules moraux ! Cette Béatrice vous a roulé dans la farine, chez Hermès. Puis après. Une fille qui était ce qu'elle était, une pute de luxe, a payé de sa vie, et atrocement, le fait d'être le simple instrument d'une combine machiavélique. Sans compter un mari qui n'est plus qu'une loque. Et vous avez encore des scrupules ?

Il se pencha.

— La Béatrice, on va la laisser découper en morceaux s'il le faut.

Aimé Brichot se gratta le crâne devant sa brique : Mince, si le patron devenait voyou, on pouvait tout se permettre, non ?

CHAPITRE XI

Meyte Bardim raccrocha son téléphone et se leva pour arpenter le tapis de soie d'Ispahan. Dans une demi-heure au plus, ses deux plus proches collaborateurs pour les coups spéciaux seraient là. Pour une petite conférence spéciale. Le Turc n'était pas homme à se laisser vaincre par les états d'âme. Même si l'annonce de l'enlèvement de Béatrice lui avait été comme un coup de poignard au cœur.

Il avait rangé ça dans un coin de son cerveau et verrouillé soigneusement. Puis il s'était immobilisé dans un fauteuil, comme en hibernation. Et le cerveau s'était mis à tourner. Il y avait situation nouvelle. Il fallait s'adapter. Bon, le flic était encore plus coriace qu'il ne l'avait cru. Il avait tout de suite repéré la faille chez Meyte Bardim. La faille nommée Béatrice. Ensuite, et ça avait été sa dernière erreur, le Turc n'aurait jamais imaginé que la police soit capable d'employer l'arme d'un enlèvement. Bien sûr, elle n'avait pas kidnappé Béatrice elle-même. Mais par hommes de main interposés. C'est-à-dire des voyous. Question, dans ces conditions : Quels voyous ? D'où question subsidiaire : quels voyous étaient assez liés à Boris Corentin pour lui donner un coup de main ?

Meyte Bardim ne bougeait toujours pas. Mais dans son cerveau, la question subsidiaire se rangeait déjà, soulignée de rouge dans la zone mémoire de l'ordinateur. Passée subitement du rang de subsidiaire à : priorité absolue.

Bon, à présent, il fallait faire patienter Corentin. Dur, on était vendredi soir et l'ultime délai fixé, c'était dimanche soir. Plus que quarante-huit heures.

Parce qu'il n'était pas question de sacrifier Béatrice. Pas plus qu'il n'était question d'abandonner le chantage.

La quadrature du cercle…

Posées bien à plat sur le cuir fauve du bureau, les longues mains fines du Turc ne bougeaient toujours pas mais sous l'épaisse crinière blanche, l'ordinateur vivant continuait de tourner à plein régime. Jusqu'à la conclusion : tout passait par la récupération de Béatrice. Et tout de suite.

Les mains bougèrent enfin, puis le corps de Meyte Bardim parut se réveiller de son sommeil hypnotique. Il se leva et alla ouvrit la fenêtre. La nuit sentait bon frais le printemps et un rossignol s'époumonait quelque part, invisible. Puis il y eut au loin, du côté du portail, le pinceau d'un phare. Armak et Sean arrivaient. Armak d'Ankara, un ancien de la lutte contre les Grecs à Chypre. Et Sean, l'Irlandais, « racheté » à prix d'or à l'IRA, la tête pensante des deux.

Les deux hommes s'assirent aussitôt aux places qu'avaient occupées Boris Corentin et son petit chauve de co-équipier. Les dossiers des fauteuils étaient très hauts et maintenant, de la porte, on n'aurait plus rien vu d'Armak, le petit au physique de lutteur de foire, à part ses grosses mains velues sur les accoudoirs. En revanche, le crâne dégarni bordé d'une couronne rousse de Sean dominait largement. Il dépassait le mètre quatre-vingt-dix.

Meyte Bardim leur fit son exposé sans phrases inutiles. Puis il leur livra le résultat de ses réflexions.

— Votre avis ?

Armak se tourna vers Sean. Il pensait toujours comme Sean.

— Le boss a raison, conclut l'Irlandais. On va récupérer la fille.

Meyte Bardim soupira :

— Comment ?

L'Irlandais eut un petit sourire :

— Patron, quand je prépare un coup, j'étudie le dossier avant. Et le dossier Corentin, je le connais par cœur. Il a eu des rapports avec pas mal de truands. Tous ne sont pas à la hauteur pour un enlèvement : laissez-moi réfléchir... Bon, je n'en vois que trois ou quatre.

Il se leva.

— Armak, au boulot. On va faire un petit tour en ville. Moi aussi j'ai des rapports avec pas mal de gens.

Meyte Bardim se leva à son tour.

— Appelez-moi à n'importe quelle heure.

***

Après quelques tournées de bars, Armak et Sean se rangèrent devant un immeuble bourgeois de l'avenue Trudaine, au-dessous du boulevard Rochechouart. Il était quatre heures du matin, mais la porte s'ouvrit toute seule quand Sean eut dit son nom dans le parlophone. L'homme qu'ils venaient voir les attendait. Ils avaient eu une brève conversation téléphonique quelques minutes plus tôt.

A l'étage, l'homme qui les attendait sur le seuil était petit et sec, grisonnant, âgé d'un peu plus de cinquante ans. Il avait les yeux gris. Il les introduisit dans un salon entièrement meublé chinois. Il y avait deux paravents de Coromandel, immenses, de chaque côté de la cheminée.

— Merci de nous recevoir, fit Sean.

Le petit homme haussa les épaules.

— Quand Sean Galway demande à être reçu, on le reçoit.

Sean sourit. Une certaine affaire de hold-up de banque, à Londres, au temps où il travaillait encore pour l'IRA l'avait rendu célèbre dans le monde des truands, et pas seulement en Europe. Roger Bartholdi, son hôte, savait tout sur les détails de l'opération. En vieux pro admiratif.

Il ouvrit son bar.

— J'ai de l'irish whisky, un John Power de douze ans d'âge, ça vous va ?

Armak préféra un Ouzo. Sec.

— Je vous écoute, fit Roger Bartholdi en s'asseyant.

Sean commença. Sans parler de Meyte Bardim ni de l'affaire, bien sûr. Il expliqua simplement que lui, Sean Galway, avait personnellement besoin d'un tuyau précis. A quel truand un poulet nommé Boris Corentin pouvait-il demander de l'aide en cas de pépin ?

Roger Bartholdi émit un petit sifflement.

— Tiens, vous vous intéressez à Corentin ? Terrain miné. Je vous préviens : il est très fort.

— On sait. Alors ? Il paraît que vous êtes au courant de tout.

Pas plus que Sean Galway ne lui avait dit les raisons qui l'amenaient, Roger Bartholdi ne raconta, lui non plus, pourquoi il connaissait si bien Corentin. Via un dénommé Pascal Arreti. Qui l'avait joliment doublé dans une certaine affaire de secrétaire d'un patron de presse (1). Chacun ses secrets, ça vaut mieux pour tous.

Roger Bartholdi continuait à sourire. Il la tenait enfin, sa vengeance avec le Corse. Sûr que l'Irlandais ne cherchait pas à savoir à qui Corentin avait demandé de l'aide pour lui offrir une douzaine de bouteilles de whisky. Et Corentin ne pouvait que s'adresser à Arreti pour un coup pourri. Comme devait certainement l'être celui-là.

— Je ne vois qu'un nom, un seul, fit-il. Pascal Arreti.

Il fit un rapide topo sur le personnage. Les yeux jaunes de l'Irlandais brillaient.

— Où peut-on le joindre ? Ce serait assez pressé.

Roger Bartholdi approuva. Il comprenait, bien sûr. Il jeta un coup d'œil à sa montre.

— A cette heure-ci, il doit encore être à son clandé. Bon, vous prenez la rue Lepic, vous tournez à droite et puis...

Sean Galway reposa son verre.

— Merci. Ah, encore une chose : sa description physique.

Roger Bartholdi la donna bien volontiers et Sean se

(1) Voir Brigade Mondaine n° 70, *La secrétaire du patron.*

fouilla et sortit un papier sur lequel il griffonna un numéro de téléphone.

— Si vous avez besoin de quoi que ce soit, appelez là. On sait toujours comment me joindre.

Il y avait une cabine publique au coin de l'avenue. Sean appela Meyte Bardim.

— Patron ? C'est Sean. On a trouvé. On y va. Je vous rappelle.

***

Installé au bar du clandé de Pascal Arreti, Armak, et Sean faisaient semblant de faire la fine bouche devant les filles qu'on leur présentait. Une seule chose paraissait les intéresser : l'autre salle, où un grand à lunettes d'astigmate discutait avec un petit brun très costaud. Visiblement un homme de confiance. Les deux hommes parlaient à voix basse. A vingt mètres, un truand flaire qu'un autre truand ne parle pas des derniers résultats de foot avec un adjoint.

Puis le petit brun se leva. Il boitait. Il regarda l'heure à sa montre et il fit signe que oui au grand à mèche. A Pascal Arreti. Puis il vint vers le bar et le traversa, pour se diriger vers un ascenseur qui menait à un parking privé, Bartholdi leur avait aussi expliqué ça.

Armak et Sean le suivirent. Le boiteux ouvrait déjà la porte de l'ascenseur en souriant.

— On va être un peu serrés.

Ils furent serrés et Sean devait baisser la tête. Mais la descente était rapide et Armak s'effaça pour laisser le boiteux sortir le premier.

Raimondo Lopez s'en alla vers sa voiture en claudiquant plus que d'habitude : sa jambe, esquintée dans le temps par une balle de Browning 22 un jour de casse loupé, recommençait à le faire souffrir. Il mettait sa clé de contact dans la portière de sa Golf GTI 16 soupapes noire quand il se sentit soulevé de terre. Il n'eut pas le temps de crier. Déjà, le sommet de son crâne heurtait le plafond et Raimondo Lopez était tout mou en retombant dans les bras d'Armak, qui l'enfourna à l'arrière de la Golf en s'installant à côté de lui. Pour le surveiller pendant le trajet. Sean s'était assis au volant.

Peu avant la place de l'Etoile, il s'arrêta pour retéléphoner.

— Patron ? On va à la banque, celle derrière la Défense. Avec un boiteux. Venez. On vous expliquera.

La GTI prit l'avenue de la Grande-Armée, puis la Défense et peu après Houilles, elle se rangea dans le sous-sol d'un pavillon de meulière à l'écart au bout d'une rue dont toutes les autres maisons avaient été rasées. Devant la façade de la maison, deux forsythias en fleur jetaient une drôle de note gaie dans ce paysage de désolation, avec une Rolls Royce Corniche bleue au milieu. Le jour était levé.

Raimondo Lopez se réveilla peu après que Sean eut coupé le contact. Et il comprit tout de suite que les heures suivantes allaient être longues.

*
**

C'était vrai que d'habitude, Armak adorait faire durer le plaisir. Mais là, le temps pressait. Il fallait faire parler le boiteux le plus vite possible, même s'il avait une tête de dur à cuire. Alors, il choisit la seule méthode possible. Travailler le bonhomme d'entrée, sans même l'interroger. Afin qu'il soit bien à point au bout d'une petite demi-heure.

Ils avaient installé Raimondo dans l'atelier voisin du garage. Un atelier très grand. Avec une table de ping-pong au milieu. Le précédent habitant des lieux était un bricoleur, et il y avait tout ce qu'il fallait sur place. Y compris une serpillière qui faisait parfaitement l'affaire comme bâillon provisoire. Provisoire, parce qu'à la fin du travail préparatoire, le boiteux aurait à peine assez de voix pour répondre aux questions.

Armak avait jeté un œil de pro, dès l'entrée, vers l'établi et à toute la série d'outils, pinces, marteaux et scies soigneusement rangés sur les murs par ordre de taille. Il hésitait. Finalement, il choisit le marteau. Un joli marteau chromé de sellerie, avec un bout rond bien luisant. Ça ferait parfaitement l'affaire. Seulement, il fallait installer le boiteux d'une façon appropriée. Après l'avoir réassommé, juste ce qu'il fallait pour le faire se tenir tranquille cinq minutes, il le déshabilla complètement et Sean l'aida à l'installer sur le dos en travers de la table de ping-pong. Ils lui attachèrent solidement chevilles et poignets en croix et Raimondo reprit conscience juste comme le dernier nœud était fait.

Meyte Bardim et Sean allèrent s'appuyer les fesses sur l'établi après avoir nettoyé la poussière et Armak se mit au travail.

Pour être sûr d'avoir un bonhomme qui gigote le moins possible, il commença par lui briser les tibias et les os des avant-bras. Puis il passa aux choses sérieuses. Toc, un coup de marteau chromé sur la clavicule gauche. Toc, un autre coup sur la clavicule droite. Il procédait scientifiquement, faisant le tour de la table.

Toc, la rotule gauche. Toc, la rotule droite. Le bonhomme était vraiment bien bâillonné. Ses gémissements n'arrivaient pas à couvrir les claquements des os qui se brisaient.

Mais le bassin continuait à gigoter de façon énervante. Toc, la saillie de l'os iliaque gauche et toc, le droit. Là, Raimondo comprit qu'il valait mieux rester peinard. Alors, Armak fut tranquille pour passer à la suite des opérations. A savoir, obtenir un bonhomme incapable de crier au moment où on lui enlèverait son bâillon. Et pour cause. Quand on vous a brisé une à une au marteau une bonne moitié des côtes et fêlé, toc, le sternum, on a pas mal de difficultés à faire sortir l'air de ses poumons.

Au bout d'une demi-heure, Raimondo n'avait plus aucun métacarpe intact aux deux mains ni aucun métatarse aux deux pieds. Sans compter les os précédemment martelés.

Armak se tourna vers Meyte Bardim.

— A vous, patron.

Dès qu'ils lui eurent arraché la serpillière du fond de la gorge, Raimondo Lopez essaya bien de leur hurler toute une série d'appréciations vigoureuses sur leur manière d'utiliser une table de ping-pong et un marteau, mais il ne réussit qu'à exhaler une plainte à peine audible. Même du garage à côté et même avec la porte ouverte, on ne l'entendrait pas.

Meyte Bardim ne lui expliqua pas comment il savait avec un minimum infime de chances de se tromper qu'un dénommé Pascal Arreti s'était chargé d'enlever une certaine blonde prénommée Béatrice. Tout ce qui l'intéressait, c'était qu'on lui dise où elle était, point à la ligne.

Raimondo avait parfaitement compris, mais il essaya de jouer les imbéciles un petit moment. Par un pur dernier reste de fidélité à Pascal Arreti : le marteau se relevait devant ses yeux. Visant cette fois le front.

Alors, il exprima le souhait, toujours de sa même voix en sifflet très loin, qu'après qu'il aurait parlé, ils aient l'humanité au moins de le lâcher devant la porte d'un hôpital. Bien sûr, ils lui répondirent que ce serait la moindre des choses et il les crut sans les croire : le marteau se relevait.

— Si tu ne parles pas, fit Sean, on te brise cette fois complètement la cage thoracique et tu mettra très longtemps à crever.

Jusque-là, Raimondo s'était tenu très correctement, ça il fallait le reconnaître. Dommage de l'esquinter comme ça, c'était un dur. Mais même les durs finissent par craquer. La preuve était donnée encore une fois : Raimondo s'était mis à sangloter comme une gamine.

Ils réussirent quand même à comprendre l'adresse, mais ils ne le détachèrent pas en s'en allant. Au cas où il aurait donné une fausse adresse. Raimondo s'évanouit peu après leur départ. Il avait eu raison de se dire en arrivant ici que les heures à venir seraient longues. Il n'arrêtait pas de s'évanouir et de se réveiller. Pour recommencer. En plus, l'atelier n'était pas chauffé du tout.

CHAPITRE XII

Le soleil était enfin revenu après une semaine de temps pourri et un mince filet de lumière passait à travers les rideaux de velours rose pour éclairer le grand lit rose à draps de soie noire. A moitié sortis des draps, les corps nus de la blonde à chevelure en vagues sur l'oreiller et du grand type, qui enfonçait son nez dans sa poitrine en dormant la bouche un peu entrouverte, avaient l'air d'être eux aussi tout roses dans les draps noirs.

Pour eux, c'était le plein milieu de la nuit, même s'il était neuf heures du matin à la pendule du carrefour tout proche. Et ils comptaient bien rester là à dormir jusqu'à au moins trois heures de l'après-midi.

Mais il y a des matins où le téléphone ne respecte pas le sommeil des gens de la nuit. Des matins où quelqu'un, quelque part, prend sur lui d'enfreindre la consigne de ne pas appeler avant trois heures de l'après-midi. Parce qu'il y a urgence.

Pascal Arreti baignait en plein rêve érotique, avec une blonde affairée autour de sa personne, quand la sonnerie le fit sauter à casser les ressorts. La fille se mit à hurler de trouille et il dut lui intimer l'ordre de la fermer après avoir décroché.

— Patron, désolé, mais il fallait. C'est Georges-Arnaud. Raimondo n'est pas arrivé. Il s'est passé quelque chose.

Pascal Arreti avala sa salive et il s'assit complètement.

— Tirez-vous, tout de suite avec la fille. Tout de suite.

Il y eut une hésitation à l'autre bout du fil :

— Mais où, patron ?

Pascal Arreti réfléchissait à toute vitesse. Oui, Georges-Arnaud avait raison. Où ?

Il se mordit les lèvres. Il avait trouvé. Subitement. Comme ça.

— Rue de Turbigo. Chez Corentin. Je le préviens. Il n'y a pas d'autre endroit possible. Moi, je ne marche plus. On lui remet le paquet.

Après avoir raccroché, il se prit la tête à deux mains. La blonde se lovait contre lui, aguichante, lui demandant très classiquement s'il avait des ennuis.

Il pivota vers elle :

— Fous le camp. Oui, illico. Rentre chez toi.

Elle sortit, effarée.

— Referme la porte !

Il redécrocha et composa le numéro de Corentin. Pourvu qu'il soit là, bon Dieu... Il était là.

— Allô, ici Arreti. Il y a une couille. On apporte la fille chez vous. Oui, chez vous ! Ne beuglez pas comme ça. Je viens. Je vous expliquerai.

***

Boris pressa la touche de la cafetière électrique et ressortit de sa kitchenette avec deux nouvelles tasses de café très serré.

— Question, fit-il. Comment vous allez la faire monter jusqu'ici? Vous vous imaginez qu'elle va se laisser faire?

Pascal Arreti attrapa la tasse.

— J'ai pensé au problème. J'ai rappelé mes hommes juste avant leur départ. La fille est droguée. Mais, elle peut marcher quand même.

Boris se brûla en trempant les lèvres dans sa tasse et il grimaça.

— Et après, je fais quoi, moi?

Pascal Arreti se leva :

— Ecoutez, Inspecteur, je suis désolé. Mais ce n'est plus mon problème. Tout ce que je vois de clair, c'est que j'ai été donné. Et je n'aime pas ça du tout. Parce que se dire que Raimondo a eu un accident, mon œil. Il a une GTL mais il conduit comme un Dieu. Non, on l'a chopé. Et on l'a fait parler. Alors, moi, je me retire. Vous allez avoir la fille, à vous de vous démerder. Désolé, je le répète, mais je ne peux plus rien pour vous.

***

Sean leva le pied dans la forêt entre Clairefontaine et Rochefort-en-Yvelines et il se laissa glisser dans le bas-côté sous les bouleaux. Il tira le frein à main et coupa le contact.

— Patron, on fait quoi, maintenant?

Quand ils étaient arrivés à l'adresse indiquée, la villa était vide. Mais le boiteux n'avait pas menti. Le slip arachnéen sur un lit, c'était celui de Béatrice. Celui d'hier, sous la tonnelle.

Meyte Bardim s'immobilisa.

— Je réfléchis. Laissez-moi.

Et il entra en hibernation.

***

Au deuxième étage du 36 quai des Orfèvres, le commissaire divisionnaire Charlie Badolini, patron de la Brigade Mondaine, et responsable moral d'environ cent trente inspecteurs, dont le dénommé Boris Corentin, eut du mal à remettre son combiné téléphonique en place.

Il y a des moments dans la vie où on préfèrerait être né pêcheur de crevettes de père en fils et s'y tenir contre vents et marées. Tiens, c'était justement Boris, son préféré parmi ses cent trente inspecteurs qui appelait. De chez lui. Avec une nouvelle irrésistible de drôlerie. C'était à ne pas croire, mais c'était la stricte vérité, affirmait-il. Deux individus, un petit vaguement albinos et un longiligne légèrement hépatique de teint venaient de border dans son lit une superbe blonde extirpée toute nue d'un imperméable mastic d'homme. Et maintenant, la blonde dormait, souriant aux anges. Toute seule dans le lit de Boris Corentin. Avec Boris Corentin assis en face du lit dans son vieux fauteuil Voltaire défoncé et s'examinant désespérément les lignes de la main gauche en se demandant si l'autre samedi après-midi, rue de la Faisanderie, ladite blonde n'avait pas eu raison, côté lignes de la main. Raison contre Jeannette, l'incorrigible optimiste de Jeannette Brichot.

Charlie Badolini pressa une touche.

— Marcel. Je n'y suis pour personne pendant une demi-heure. Personne.

Puis il s'immobilisa dans son fauteuil. Comme entré en hibernation.

⁂

Boris, lui aussi, était entré en hibernation sur son fauteuil Voltaire, face à Béatrice. Tout à l'heure, quand un petit albinos et un longiligne l'avaient introduite ici sans problème, la fille en imper d'homme marchait normalement. Peut-être avait-elle seulement le regard un peu flou. Mais qui n'a pas le regard flou le matin quand on s'est couché tard ? Comme avaient dû se dire ceux ou celles qui l'avaient vue sur le trottoir ou dans l'escalier.

Puis elle s'était laissé déshabiller docilement. Et coucher. L'albinos avait pu récupérer son imper. Avant de repartir, il avait tendu à Boris la boîte de gélules calmantes :

— Deux, trois fois par jour. Dans de l'eau sucrée. Elle sera calme comme une image.

Et il s'était retrouvé seul.

Face à l'amante déchaînée de la rue de la Faisanderie transformée en poupée dormant avec un sourire d'ange.

Il se concentra. La situation n'était pas compliquée. Elle était inextricable. On était samedi matin. L'ultimatum du dirlo, le directeur de la PJ, voix de toutes les huiles au-dessus de lui, en remontant jusqu'au ministre de l'Intérieur, expirait demain à minuit. Ce qui signifiait, en cas de non résolution du problème, l'inculpation pour meurtre au plus tard lundi matin.

Et toute une cascade de catastrophes derrière comme un château de cartes : Charlie Badolini qui saute. Aimé Brichot qui saute, toute la Brigade Mondaine chamboulée cul par-dessus tête. Les articles dans la presse, le scandale gênant qui arriverait jusqu'aux oreilles de la vieille veuve de maman Corentin, si fière de son fils, à Audierne (Finistère Sud).

Boris se fit craquer les jointures.

Bon. Calmons-nous. Faisons le point. Mon dossier sur le bureau du juge d'instruction ne vaut pas un clou, mais il peut me coûter le maximum.

Sauf si j'accepte le marché de Meyte Bardim.

Qui me tient à la gorge.

Mais je le tiens à la gorge aussi. Puisque j'ai Béatrice. Dont il est fou.

Problème : comment sortir de là sans casse ? Autrement dit sans que rien ne parvienne aux oreilles de la presse, toujours à l'affût avec ses grandes oreilles. Et ses informateurs toujours pressés de la rancarder.

Et sans que ça fasse de vagues non plus dans les services. Et chez les concurrents des autres services toujours à l'affût des vagues pour vous faire tomber, les bons copains.

En plus, de la casse, il y en a eu assez comme ça. Elizabeth Poussin étranglée. Son mari devenu à moitié dingue de douleur sur son lit d'hôpital. Jeanne-Marie et Michel Besnard-Duthoin avec des séquelles à vie. Le boiteux, mort déjà ? Et Pascal Arreti en chasse à travers Paris. Ivre de vengeance.

Et les menaces du Turc. Rose et Colette...

Comment sortir de tout ça ? Ça n'était plus possible ! Il n'en pouvait plus de ce cauchemar !

Boris attrapa son téléphone et il eut tout de suite la ligne directe de Charlie Badolini.

— Marcel ? Passe-moi le patron, c'est Corentin.

— Désolé, monsieur, j'ai ordre de ne pas le déranger.

Boris serra son combiné à le briser.

— Dis-lui que c'est moi. Il acceptera.

Trente secondes interminables et puis :

— Ah, patron, c'est vous... Voilà, j'ai bien réfléchi. Je laisse tomber. Je m'accuse de tout. Ça vaut mieux.

Il y eut un silence à l'autre bout du fil :

— Boris ?... Aimé n'est pas encore arrivé ?

Boris se recula.

— Non, pourquoi ?

— Il ne va pas tarder. Attendez-le. Il a un message de ma part.

La porte du palier s'ouvrit dans le dos de Boris et la petite silhouette maigre de cet anglomane d'Aimé Brichot s'introduisit. Souriante.

— Il arrive, reprit Boris. Il est là. Qu'est-ce que tout ça signifie ?

La voix tabagique de Charlie Badolini se fit très douce dans l'écouteur.

— Raccrochez. Aimé a quelque chose à vous dire.

Aimé Brichot se pencha sur le lit.

— On dirait vraiment un ange... On lui donnerait le bon Dieu sans confession. Qui pourrait croire ?

Il se retourna.

— Pauvre vieux, tu fais une de ces têtes...

Il vint s'asseoir à côté de Boris.

— Bon, j'ai de bonnes nouvelles. Baba s'est démené comme un chef, on a le feu vert au plus haut niveau. Ça y est, ils ont tout pigé. C'est le grand jeu. Tous les services sont mobilisés. Tout le réseau de Meyte Bardim a été démonté. Ça va être fabuleux. Je te raconterai. Trafic de drogue et de filles à un niveau fabuleux. Fabuleux, je te dis.

Boris le fixa :

— Alors, c'est fini, je peux reprendre goût à la vie ?

Aimé lui balança un journal.

— Mais oui, vieux, ouf !

Il se mit à rire.

— Le Bardim est cuit. Ce n'est plus qu'une question d'heures. Tu seras un héros.

Il retourna se pencher sur Béatrice :

— Elle, on va l'emmener salle Cusco (1). L'ambulance arrive d'un moment à l'autre. Bon, en attendant, fais-moi un café. Je suis mort de fatigue.

Ils s'en allèrent tous les deux dans la kitchenette. Boris venait juste d'enclencher la touche de l'écoulement de l'eau bouillante quand un petit rire les bloqua tous les deux. Boris se retourna le premier.

Béatrice. Nue sur le seuil. Avec au poing son propre pistolet RMR spécial police, calibre .38 à six coups.

— Les gélules pour dormir, dit-elle, ça se donne toutes les deux heures. Pauvres cloches.

Elle vacillait. Elle était encore un peu sous l'effet des gélules d'avant. Mais le canon noir du pistolet ne bougeait pas.

— Votre imperméable, monsieur Brichot. Ça ne me

(1) La salle réservée aux criminels, à l'Hôtel-Dieu.

gênerait pas, personnellement de sortir nue, mais ça gênerait les gens. Allez ouste, on s'en va. Tout de suite. Vous marchez devant tous les deux. A deux mètres. Vous ne cherchez pas à faire les marioles. Si je perds Meyte, je perds tout. Alors...

⁂

Sean Galway freina en douceur.

— Patron, regardez. L'ambulance. Vous aviez raison.

Ils attendirent. Comptant le temps qu'il faut pour monter jusque chez Corentin et redescendre avec une fille sur un brancard. Ils se tendirent tous les trois en avant. Là-bas, c'était l'excitation générale. Avec personne sur la civière.

— Qu'est-ce que vous en pensez, patron ? reprit Sean Galway.

Meyte Bardim reprit sa position de concentration. Quand il en sortit, les ambulanciers s'agitaient toujours autour de leur ambulance où le chef passait coup de fil sur coup de fil.

Tout à l'heure, dans la forêt entre Clairefontaine et Rochefort-en-Yvelines, il avait appliqué sa méthode favorite pour tenter de percer l'adversaire : se mettre à sa place. En l'occurrence, et en attendant de se mettre à la place du véritable adversaire, c'était se mettre à la place de Pascal Arreti. Truand corse, mais truand moyen. Donc pas au niveau international. Et donc pas avec des réactions avec de la vraie classe. OK, rabaissons-nous, mettons-nous au niveau d'un petit truand... Qu'est-ce qui compte pour lui ? Deux choses. D'abord, la vengeance. Trouver celui qui l'a donné. Bon, pour ça, il faut se débarrasser du « cadeau » de Corentin. A savoir Béatrice. Quand on n'a pas de véritable envergure, qu'est-ce qu'on fait ? On va au plus pressé. Et le plus pressé, en se croyant très finaud, en plus, c'est de conduire Béatrice chez Corentin, rue de Turbigo. Elémentaire, mon cher Watson.

D'où l'idée de foncer rue de Turbigo. Hélas, la paille, dans les raisonnements les plus astucieux ce sont les travaux sur les autoroutes. Une demi-heure perdue entre Vélizy et le pont de Sèvres. Et du coup, l'arrivée après l'ambulance des flics. Et la civière où il n'y avait pas Béatrice.

Pourquoi ?

Meyte Bardim se concentrait de plus en plus, indifférent au marteau-piqueur qui défonçait la chaussée juste à côté de lui.

Question posée de Meyte à Meyte : Pourquoi les ambulanciers flics ont-ils l'air si paumés de ne pas avoir trouvé l'oiseau au nid (l'oiseau, c'est Béatrice, évidemment).

Réponse, à la vitesse du laser : Parce qu'il était prévu, flicardement, qu'elle se trouve là-haut.

Donc, si elle ne s'y était pas trouvée, c'était que...

Mais oui ! Meyte Bardim riait subitement comme un enfant. Béatrice les avait tous blousés ! Elle n'était pas seulement une fabuleuse maîtresse seule à comprendre enfin après tellement d'imbéciles, et d'imbéciles sans cervelle, la véritable libido de Meyte Bardim, elle était aussi une fille de tête. Culottée. Courageuse.

Meyte Bardim sortit de son hibernation.

— Sean, voici ma conclusion. Béatrice a obligé Corentin à sortir. Elle ne peut que lui avoir pris son arme de service. Elle nous racontera les détails. Mais elle l'a emmené. C'est *elle* maintenant qui le tient en otage.

Sean se passa la main sur le crâne lisse.

— Où, Patron ? Pas à Ville-d'Avray tout de même.

Le vieux Turc à chevelure blanche hocha longuement la tête.

— Décidément, vous autres les Irlandais, le whisky vous casse le raisonnement. Idiot. Où veux-tu que Béatrice nous donne rendez-vous ? Dans un endroit que les flics ne connaissent pas.

Sean se passa la langue sur les lèvres.

— Excusez-moi, Patron. J'ai compris.

Il remit le contact et il accéléra. A ras de l'ambulance.

Armak s'accrocha à la poignée qui est toujours disposée au-dessus de la portière dans les bonnes voitures.

— Ho ! fit-il, vous voulez me gerber ou quoi ?

Meyte Bardim rectifia sa pochette.

— Tiens, fit-il en turc, tu étends ton vocabulaire français, maintenant ?

CHAPITRE XIII

Charlie Badolini contempla l'écouteur de son combiné téléphonique comme si une mygale lui jaillissait sous le nez.

— Ce n'est vraiment pas le moment de plaisanter, je vous assure.

La voix toussota, très gênée. La voix de Rabert.

— Franchement, je suis désolé, Monsieur le Divisionnaire. Mais je ne vous dis que la stricte vérité. La fille a disparu. Corentin a disparu. Brichot a disparu.

Pour la première fois de sa vie, le commissaire divisionnaire Charlie Badolini, respectueux des biens du peuple remis à la Nation en 1789 et les quelques années suivantes, fit une chose dont il ne se serait jamais cru capable. Il attrapa son couteau de métal argenté à ouvrir le courrier, cadeau personnel de Suzanne, son épouse, pour son cinquante-cinquième anniversaire, et il se mit à faire des croix avec la pointe dans le buvard du sous-main de son bureau du Mobilier National comme un gosse qui grave le mot de Cambronne en classe avec son canif dans le bois de son pupitre. Et d'ailleurs, c'était le mot de Cambronne que le patron de la Brigade Mondaine gravait dans le sous-main de son bureau directorial.

***

Toute une équipe de promoteurs immobiliers discutait gravement du plan des lieux en pataugeant dans la boue avec leurs chaussures, Gucci pour les plus gradés, Prisunic plastic pour les seulement cadres moyens.

Le gros à mocassins Gucci désigna d'un index manucuré la maison en meulière restée miraculeusement intacte au bout de la rue dans le bulldozerage général.

— C'est quoi, ça ? fit-il.

Un agent de maîtrise, de vingt-cinq ans, ambitieux, se précipita. Ruinant définitivement ses propres mocassins, pas de chez Prisunic, d'Intermarché, achetés la veille pour cent cinquante francs en promotion : dans la boue de banlieue, il peut se cacher de vieux pavés traîtres qu'on cogne en se faisant très mal.

L'ambitieux surmonta ces petits détails techniques. Par exemple, des bouts d'orteil d'où on se demande si l'ongle du gros ne va pas commencer à tomber dès ce soir, dans le troizième étage du HLM de la Courneuve où le gosse de trois mois vous empêchera de dormir cette nuit, après tant d'autres nuits.

Le jeune cravaté en rayonne se planta carrément au garde-à-vous devant son dirlo à lui.

— Le service juridique s'en occupe, Monsieur. Ça ne devrait pas prendre plus de deux mois. Je m'en occupe personnellement, je vous assure.

Il se tourna et, avec un geste théâtral :

— Bientôt ça ne gênera plus dans le paysage.

Le dirlo se pencha, protecteur :

— Vous vous appelez comment, vous ?

— Conort, Monsieur. Avec un « t » à la fin. Pas un « d ». Didier Conort.

Il se fit humble.

— Excusez-moi, je ne suis pas de la famille des aspirateurs.

Le dirlo de la SACRET le fixa. Petit crétin, tu es mariole, mais tu as eu un mot de trop. J'ai horreur des snobs. Je suis parti de rien, moi. Ne comptes pas sur moi pour t'aider.

Tout ça « dit » en silence sur des lèvres qui souriaient. Le môme exultait. En silence lui aussi. Sûr d'avoir marqué un point capital. Petit crétin. Tu viens de scier ta carrière.

Le dirlo contempla le pavillon de meulière au bout de la rue. Il se tourna vers son secrétaire.

— Curieux, non. Vous avez déjà vu une Rolls Corniche dans un endroit où on ne mettrait pas sa Mini-Moke ?

Le secrétaire, la soixantaine proche, était beaucoup plus mariole que ce jeunot de Conort. Il se précipita.

— C'est tout à fait bizarre, Monsieur, n'est-ce pas ?

Le dirlo se passa les doigts sur le menton.

— Je me demande quelque chose. Le pavillon pas détruit... Quelqu'un nous double... Il va falloir voir ça.

Après, ils crapahutèrent tous encore un peu dans la boue et des géomètres leur assurèrent, instruments à l'appui, qu'il y avait ici de quoi construire autant de jolies maisons pavillonnaires qu'à Houilles de l'autre côté de la colline.

Puis, les sept ou huit voitures s'en allèrent en faisant gicler beaucoup de boue derrière elles. Le jeune ambitieux à mocassins à cent cinquante francs ruinés réfléchissait, nuque tendue vers sa lunette arrière.

*
**

Sean Galway referma le soupirail de l'atelier.

— Ils s'en vont. Tout est OK.

Il se retourna.

Autour de la table de ping-pong, le spectacle lui semblait très intéressant. Pas à cause de Meyte Bardim et d'Armak, appuyés à ses côtés, et comme lui, à l'établi. Ni à cause de Béatrice, montée dans les étages se refaire une beauté.

A cause du grand flic aux yeux noirs et de son acolyte si irrésistible avec son costume vert gazon anglais.

— Est-ce qu'ils ne sont pas émouvants, patron ?

Meyte Bardim haussa les épaules.

— Laisse-les tranquilles. Laisse-les mesurer combien on ne rigole pas.

Sean Galway releva son Colt Python.

— En tout cas, je les ai à l'œil.

*
**

D'accord, Raimondo Lopez était un voyou. Et très souvent, il n'avait dû valoir guère mieux que le salopard qui les braquait dans leur dos. Seulement, pour l'instant, c'était une pauvre chose nue crucifiée sur une table de ping-pong dans un sous-sol de villa en meulière promise à la démolition.

C'était atroce de voir ses jambes et ses bras tuméfiés autour de chaque endroit où le marteau avait frappé. Toc-toc, avait dit Armak en leur racontant entre deux rires. Et les clavicules qui saillaient sous la peau à l'endroit de la brisure. Et toute la cage thoracique qui n'était plus qu'une masse d'hématomes scientifiquement répartis.

Raimondo haletait à petits coups. Boris se pencha contre sa bouche couverte de bave blanche desséchée. La bouche de l'homme supplicié parce que lui, Boris Corentin, avait, samedi dernier, rencontré une blonde à l'air bourgeois chez Hermès, rue du Faubourg Saint-Honoré, à l'angle de la rue Boissy d'Anglas...

— On va te sauver, Raimondo. Tu as ma parole.

Le pied-noir releva tout doucement la tête.

— Monsieur Corentin, siffla-t-il de sa voix à peine audible. Ne vous fatiguez pas...

Il s'arrêta. Les côtes brisées n'arrêtaient pas d'essayer de reprendre souffle sans y parvenir.

— Demandez pardon à Pascal de ma part... Je n'ai pas été un homme... Je l'ai trahi...

La tête retomba en arrière. Et le corps déshabillé, martelé au moins cent cinquante fois au marteau chromé, cessa de souffrir.

Boris se releva.

— Ça ne vous suffit pas ? Il n'y en a vraiment pas assez de sang et de larmes ?

Meyte Bardim s'avança, plus élégant que jamais dans son blazer printanier bleu roi.

— Il ne tient qu'à vous, monsieur Corentin. Mais suivez-moi, j'ai à vous parler.

***

Les restaurants du quartier de la Défense se ressemblent. Même s'ils essayent tour à tour de donner dans le chinois, l'auvergnat ou le grec. Tous pareils. Des essais loupés d'avance dans la tentative de faire intime. On ne réussit pas à faire intime dans le béton. Ça ne se réussit que dans les vieilles pierres des vieilles rues d'un vieux bourg.

Didier Conort, agent de maîtrise de la SACRET, en eut assez juste après le steak frites huileux, de toutes ces conversations professionnellement délirantes. Il se leva. La cabine téléphonique était située juste après la caisse.

Il consulta l'annuaire crasseux et finit par trouver le numéro du commissariat local.

— Allô ? fit-il. J'ai un truc idiot à vous raconter, mais il faut m'écouter. Il y a comme une maison du crime du côté de Houilles. Je vais vous dire où exactement. A supposer que ça vous intéresse.

*
**

Le living de la maison du bout de la rue en démolition était très français. Très Henri-II produit par un grand magasin quelconque. Avec des douilles d'obus datant de la guerre de 14-18 et sculptés savamment dans le cuivre. Boris alla jusqu'à la fenêtre. Dehors, la zone. Avec deux forsythias en pleine fleur sur les fenêtres. Dans le sous-sol, Raimondo Lopez dormait sur sa table de ping-pong. Mort. Ici, lui et Aimé étaient avec trois démons. Un tueur turc aux biceps épais. Un chauve roux immense. Et une gravure de mode à la chevelure blanche. Meyte Bardim. Ça y était, le bout du rouleau. Le décor final...

Boris se tourna vers l'œil noir du revolver que le Turc

tendait vers lui. Il eut un petit sourire et leva les yeux vers la gravure de mode aux cheveux blancs.

— Monsieur Bardim, quel est votre programme pour les heures qui suivent ?

Meyte Bardim n'eut pas le temps de répondre : Béatrice surgissait de la chambre voisine, plus superbe que jamais avec ses cheveux blonds flottant en grappes sur le col de son imper mastic. Elle était toujours pieds nus. Et nue sous son imper.

— Meyte, fit-elle d'un ton autoritaire, ne lui réponds pas.

Le vieux Turc la fixa, ahuri.

— Qu'est-ce qui t'arrive ? Tu es devenue dingue ?

Béatrice lui adressa un sourire très tendre.

— Mais non. Seulement, il faudrait que tu te voies. Tu es complètement dépassé par les événements. Je prends la situation en main.

Meyte Bardim sursauta, comme piqué par une vipère.

— Je t'interdis !

Elle s'avança en dansant et elle se suspendit à son cou.

— Tu crois que tu peux vraiment m'interdire quelque chose ? fit-elle très câline. Tu vois ce que je veux dire ?

Il poussa un soupir :

— OK, tu as peut-être raison.

Il se tourna vers Karmal et Sean.

— Obéissez-lui, fit-il d'un ton las.

Pour la première fois de sa vie, Meyte Bardim abandonnait le pouvoir. Et pour une femme. Mais une femme dont il ne pouvait pas se passer.

Béatrice eut un sourire de triomphe.

— Merci. Et ne t'inquiète pas. Je travaille pour toi, tu le sais ?

Cinq minutes plus tard, les deux voitures cahotaient dans la vieille rue défoncée. Elles croisèrent deux cars de flics au moment de prendre la grande rue d'Houilles menant au réseau d'autoroutes.

Sean poussa un juron en anglais.

— Ouf, ça a été moins une. Mais qui a pu les prévenir ?

Boris n'aurait pas pu répondre, au cas où il aurait su. Entravé sur le tapis de sol à l'arrière de la Rolls Corniche, il était bâillonné. Avec les pieds d'Armak posés sur les reins.

Aimé Brichot n'aurait pas pu répondre lui non plus. Ils l'avaient laissé là-bas. Attaché à un tuyau de l'atelier et bâillonné, lui aussi. A un mètre du corps de Raimondo Lopez. Mais lui, au moins, il ne tarderait pas à retrouver la liberté de ses mouvements et de la parole : déjà il y avait des hurlements de freins à l'extérieur, et des portières qui claquent.

CHAPITRE XIV

Charlie Badolini reposa sa tasse de café.

— Monsieur Brichot, soyez assez aimable pour prendre cet hebdomadaire, là-bas. Et ouvrez-le à la page de l'horoscope.

Aimé Brichot s'exécuta, interloqué. A côté de lui, Dumont, l'adjoint direct du patron, avait l'air aussi surpris que lui.

— Qu'est-ce qu'ils disent pour mon signe ?

Aimé Brichot releva ses lunettes de myope léger sur son nez :

— Excellent, patron.

— Et le vôtre ?

Il y eut un instant de silence.

— Pareil.

— Bon, celui de Boris Corentin, à présent ?

L'index de Brichot chercha.

— Ah, voilà. Eh bien, dites donc ! Encore meilleur que les nôtres.

Charlie Badolini se tourna vers Dumont.

— Allez croire aux horoscopes, après ça...

Il avait bien fallu prévenir Pascal Arreti. Et aussi le

directeur de la PJ de tout le gâchis. La réaction avait été on ne pouvait plus froide :

— Monsieur Badolini, je continue à mettre à votre disposition tous les hommes dont vous aurez besoin. Mais je vous préviens. En cas d'échec, vous sautez.

Evident... Il fallait bien que quelqu'un porte le chapeau. Et le cas d'échec, c'était net : continuer à laisser la police se faire bafouer par un truand international. Parce qu'ils en avaient tous appris de belles, Quai des Orfèvres, sur le dénommé Meyte Bardim, officiellement simple négociant de tapis. Des découvertes qui allaient faire mal, dans certains services, pour incompétence notoire. C'était énorme, côté drogue comme côté passage de filles vers l'Orient, le tout nouveau dossier Bardim. Ils mettraient des mois à en dénouer les fils. Et sûr que des gens sauteraient aussi ailleurs qu'à la police. L'homme avait, semblait-il, des appuis très haut placés. Un joli scandale en perspective si on ne réussissait pas à l'étouffer dans l'œuf.

Mais on verrait ça plus tard. Pour l'instant, il y avait un problème autrement urgent à résoudre. Le kidnappé, désormais, c'était Boris.

Le téléphone sonna. Charlie Badolini esquissa un léger sourire en raccrochant.

— C'était Rabert. Ça y est, la propriété du Turc est cernée. Discrètement. C'est toujours ça. Au cas où ils seraient revenus là. On ne sait jamais.

Il se leva.

— Bon, il nous reste à espérer que le Turc nous appelle...

Aimé Brichot s'avança.

— On peut toujours aller perquisitionner chez lui, patron.

— Bien sûr, mais supposez que la bande soit déjà là-bas... Ce serait le massacre. Non, attendons, il n'y a rien d'autre à faire.

Il soupira :

— Et à croire aux horoscopes.

*
**

Roger Bartholdi ne fut pas réellement surpris, quand il s'éloigna du kiosque à journaux en bas de chez lui, d'être abordé par deux hommes plutôt de la catégorie poids lourds que poids légers. Et il s'empressa de faire ce qu'ils lui suggéraient : monter tranquillement dans leur voiture.

La destination exacte, géographiquement s'entend, lui était égale, au fond. De toute manière, il savait déjà avec qui il allait falloir engager une petite conversation désagréable : Pascal Arreti.

Les deux flics en civil en planque devant le garage du clandé ne furent pas non plus surpris de le voir assis à l'arrière de la Renault 25 dont le conducteur ouvrit le portail par la télécommande. Eux aussi avaient reçu le même renseignement que Pascal Arreti. Les indicateurs des truands sont aussi ceux de la police. Et la nuit d'avant, Sean Galway avait questionné trop de monde dans différents bars pour que de déduction en déduction, Arreti, comme les flics, n'arrivent pas à la même conclusion.

Le plus élevé en grade des deux inspecteurs décrocha son téléphone radio. Et le message était transmis dans les deux minutes au chef de la Brigade Mondaine. Qui renvoyait l'ordre de ne surtout pas intervenir.

Autrement dit, le destin de Roger Bartholdi était

déjà scellé. Il faut parfois savoir laisser les truands laver leur linge sale en famille. Ça arrange tout le monde.

*
**

Là-haut, dans son bureau à l'étage du clandé, Pascal Arreti n'offrit pas de petit cigare de la Havane à Roger Bartholdi pour lui expliquer en quelques mots les raisons qui l'avaient contraint à le faire venir ici sans l'y avoir invité dans les formes.

Le petit truand sec aux yeux gris comprit aussi quelle conclusion s'ensuivait après tout ça. Il était subitement très fatigué et très triste, mais il ne le laissa pas paraître. Quand on a choisi le genre d'existence qu'il avait choisie, il faut s'attendre à ne pas mourir dans son lit.

La seule chose qu'il demanda, ce fut que tout se passe le plus vite possible. Accordé. Pascal Arreti le fit seulement attacher sur sa chaise par Georges-Arnaud pour parer à toute réaction purement nerveuse. Puis le longiligne enveloppa la tête de Roger Bartholdi avec un épais plastique plié en double. Et cela, purement dans le but de ne pas salir ni la moquette ni les murs.

Le pistolet Parabellum calibre 9 mm à silencieux long de vingt centimètres émit son chuintement classique et le menton de Roger Bartholdi vint s'enfoncer brutalement dans sa poitrine : l'arme avait été pointée sur la nuque. Après, ils le détachèrent et ils roulèrent le corps tout entier dans un autre plastique. Satisfaits. Pas une goutte de sang ou bout de cervelle n'avait débordé.

Trois minutes plus tard, les deux inspecteurs en planque rappelaient la maison :

— La Renault 25 ressort. On la suit ?

Là, on leur avait passé directement Charlie Badolini.

— Non. Inutile, rentrez.

L'appel suivant pour le patron de la Brigade Mondaine venait de Pascal Arreti lui-même.

— Monsieur le Divisionnaire, vos deux inspecteurs étaient bien visibles, devant ma porte. Ça va, j'ai compris. Qu'est-ce que vous allez faire ? M'arrêter ?

— Non. J'ai un projet bien plus intéressant pour moi. En ce qui concerne le contrat de réciprocité avec qui vous savez, oubliez tout ça. Il n'y aura pas réciprocité. Nous ne nous tenons plus liés en rien avec vous. Ce qui vient de se passer chez vous annule tout.

Après avoir raccroché, Pascal Arreti alluma un nouveau cigarillo et il se mit à réfléchir. Il n'en voulait pas le moins du monde à Charlie Badolini de sa réaction. A sa place, il aurait eu la même. Le contrat était annulé ? OK, c'était réglo. Seulement, il restait un problème : Corentin était toujours dans le pétrin. Et sans doute encore plus que jamais.

Et s'il tombait, alors là, ce serait dramatique pour lui, Pascal Arreti. Le chamboulement général qui ne manquerait pas de s'ensuivre à la police ne pouvait avoir que des conséquences très fâcheuses sur le délicat équilibre actuel du rapport de forces Police-Truands.

Conclusion : il fallait faire son possible pour continuer à aider Corentin. Même sans contrat de réciprocité. Pascal Arreti pressa le bouton d'appel de son interphone :

— Jeanne ? Dès qu'ils seront rentrés, fais-les monter dans mon bureau.

*
**

Peu avant treize heures, ce même samedi, Charlie Badolini était en train d'examiner son plateau-repas avec autant d'appétit qu'après une cuite mémorable quand sa ligne directe grésilla. Dès qu'il eut entendu la voix à l'autre bout du fil, il brancha le haut-parleur général.

— Ah ! Boris ! fit-il d'une voix qui vibrait. Où êtes-vous ?

La voix de Boris était très calme.

— A Ville-d'Avray, Patron. Chez Meyte Bardim. Il est près de moi, bien entendu et le haut-parleur est branché.

Le cœur de Badolini battait de plus en plus vite, mais il ne dit rien.

Boris poursuivit :

— Voilà la situation. Ils ont bien sûr repéré la surveillance autour de la propriété, comme ils se doutent que vous allez les faire illico cerner en force.

— Ça, qu'ils y comptent bien. Dumont est déjà en train de passer l'ordre.

— Bon, on vient d'avoir une petite conférence à plusieurs ici. Rassurez-vous, ils sont très corrects. Ils ont parfaitement compris la situation. Ils me tiennent, ils nous tiennent, mais on les tient aussi. C'est-à-dire que la situation est inextricable.

« Voici la proposition que je vous transmets de leur part. Vous m'écoutez toujours ?...

Charlie Badolini s'accrocha à son combiné.

— Evidemment ! Alors ?

— Alors, Meyte Bardim propose une chose. Il vous offre de vous livrer tous les dossiers de ses activités parallèles. Il me les a montrés. Il y en a plusieurs kilos et c'est parfaitement en ordre. De véritables archives d'entreprise. De quoi nous faire gagner des mois. Et nous permettre de cueillir sans aucun problème une trentaine de voyous. Et de démanteler deux réseaux fantastiques, tant pour la drogue que pour la prostitution.

Charlie Badolini se mit à rouler des yeux :

— Autrement dit, il lâche tout son monde. En échange de quoi ?

— Evidemment, la promesse de le laisser partir libre, lui, la jeune femme et ses deux hommes de main. Libres, c'est-à-dire sans aucune poursuite, même par Interpol. Mais attention, il prend quand même ses précautions. Il tient à ce que je parte avec lui.

— Autrement dit, il vous prend en otage.

— Exact. Mais uniquement le temps du voyage. Une fois à Istanbul, je reprends l'avion.

— Avec quelles garanties de sa part qu'il ne vous descendra pas ?

Il y eut un bref silence.

— Aucune. C'est à prendre ou à laisser.

— Sinon ?

— Sinon, c'est le coup classique. Ils tentent une sortie en force avec un flingue sur ma nuque. Orly. Avion spécial etc... vous voyez ?

Ça, pour voir, ils voyaient tous, dans le bureau patronal, au deuxième étage du 36 quai des Orfèvres. Tout. Depuis la une de tous les journaux jusqu'à l'assassinat de Corentin une fois à Istanbul...

Charlie Badolini aspira péniblement :

— Et en ce qui concerne l'affaire Elizabeth Poisson ?

La voix de Boris était toujours aussi étonnamment professionnelle. Très paisible.

— Bien sûr, le dossier me dédouanant fait partie du lot. Je l'ai feuilleté. Rien à dire. Du béton pour moi.

Charlie Badolini fit le tour de son staff. Où il ne manquait que Boris.

— Qu'est-ce que vous en pensez ? De toute façon, je ne peux pas répondre de ma seule initiative. Il faut que j'en réfère au dirlo.

Approbation générale.

— Pourvu qu'il accepte, gémit Aimé Brichot.

Charlie Badolini reprit son combiné.

— Allô ? Dites-leur que je réfléchis. Donnez-moi le numéro. Je vous rappelle. Je ne peux pas vous dire quand, mais je vous rappelle dès que possible.

*
**

Boris reposa son écouteur dans son logement et se releva. Meyte Bardim était assis en face de lui de l'autre côté du bureau Louis-XV. Avec Béatrice dans son dos. Plus lionne que jamais dans un ravissant ensemble de soie sauvage avec jupe à plis.

Derrière Boris, il y avait Armak et Sean Galway. Tous les deux en manches de chemise et holster en bandoulière avec chacun un pistolet Herstall dans l'étui. Ils ne l'avaient jamais attaché depuis son arrivée. Inutile. Pas seulement à cause des pistolets. Mais parce qu'il aurait été idiot de sa part de chercher à s'enfuir. Il était lié à eux plus sûrement que par n'importe quelle chaîne. La chaîne de l'intérêt commun à ce que, Quai des Orfèvres, on dise oui à la proposition du Turc. Même s'il y avait le petit risque de la balle dans la nuque à l'arrivée à Istanbul. De toute façon, le risque existait dans tous les cas de figure.

— Vous avez entendu comme moi, fit Boris. Et vous

avez compris. La décision ne peut se prendre qu'au niveau le plus élevé.

Béatrice fit le tour du bureau. C'était elle qui avait eu l'idée du marché. Pendant toute la petite « conférence », ici même, dans la bibliothèque, Meyte Bardim était resté prostré. Vieilli de dix ans : son premier coup qui foirait. Il n'était plus ce qu'il avait été.

— J'ai très bien compris, fit-elle en se plantant devant Boris. Alors, à votre avis, ils vont accepter ?

Boris haussa les épaules.

— Franchement, je n'en sais rien. Est-ce que vous vous rendez bien compte de l'énormité de votre proposition ?

Elle partit d'un rire de gorge :

— Ça n'est pas mon problème. Les petites questions de susceptibilité de hauts fonctionnaires de la police et même de ministres, je m'en fiche. Tout ce que je vois de clair, c'est que j'ai trouvé la seule solution possible pour qu'on se sorte tous de ce guêpier. Vous comme nous.

Boris se détourna. Il y avait des moments où ça le dégoûtait encore plus que d'habitude d'être lié par un intérêt commun à des salopards aussi odieux. Mais ce n'était pas le moment d'avoir des états d'âme.

— Espérons, soupira-t-il. Tant qu'il y a de l'espoir...

La porte venant du hall s'ouvrit : Odile, la femme de chambre :

— Monsieur est servi.

Béatrice se rua en avant.

— Vous pourriez dire : « Monsieur et Madame sont servis !

Odile s'inclina :

— Monsieur et Madame sont servis.

*
**

Le directeur de la PJ examinait attentivement le petit Niçois à talons surélevés qui avait tant rendu de services à la France et à la police depuis de longues années. Comme Boris Corentin, avec tout de même pas mal d'années en moins.

— Quelle histoire..., finit-il par murmurer. Quelle histoire...

Charlie Badolini releva le nez vers le grand énarque dont la carrière se jouait, pour lui aussi en ce moment, derrière un grand bureau fonctionnel, supportant toute une série de lignes directes, celles du Préfet de police, du directeur central de la PJ, jusqu'à celle du ministre de l'Intérieur.

— Croyez-vous, monsieur le Directeur, fit-il, qu'il faille demander l'aval de M. le ministre ?

L'autre hésitait. Visiblement travaillé par une envie frénétique de se couvrir. Charlie Badolini sentait qu'il allait flancher.

— Si vous me permettez de vous donner mon avis...

Le dirlo agita la main :

— Je vous en prie. Allez-y.

— Merci. Je n'irai pas par quatre chemins. J'ai une crainte. Que M. le ministre demande un délai pour réfléchir. Ça peut durer longtemps...

— Alors ?

Charlie Badolini baissa les yeux.

— Si tout cela échoue, faites-moi porter le chapeau. Je vous demande ça comme un service personnel.

Il se releva :

— Comprenez-moi : l'inspecteur Corentin est pour

moi plus qu'un inspecteur, quelqu'un à qui je suis très lié. Si j'étais seul à prendre la décision, je dirais oui tout de suite. Ma seule chance de le sauver est là. Sans compter avec ce dossier promis par le Turc.

Le dirlo eut un haut-le-corps.

— Qui vous dit que tout ça n'est pas du bluff ?

— Monsieur le Directeur, quand l'inspecteur Corentin me dit quelque chose, je le crois.

— Même s'il est sous la menace.

— Même s'il est sous la menace. Il ne m'aurait rien dit. Il se serait plutôt fait tuer sur place.

Le directeur de la PJ se leva. Haute silhouette de fonctionnaire important et habillé chez le meilleur tailleur.

— Vraiment ? fit-il remué.

— Oui.

L'autre mit les poings sur son bureau et se pencha :

— Très bien. Tout reste entre nous, mais les choses sont bien claires, n'est-ce pas ? Vous ne m'avez jamais parlé de ce marché. Vous avez agi seul. De votre propre initiative. Sans en référer à votre supérieur.

Charlie Badolini se leva à son tour.

— C'est bien de cette façon que je vois aussi les choses.

Il s'arrêta sur le seuil :

— Monsieur le Directeur ?

L'autre le fixa, surpris :

— Oui ?

— Je ne donne mon accord qu'à une seule condition. Oh !... Ne croyez pas que j'aie quelque chose de personnel à vous demander. Non, simplement, je voulais vous avertir que je ne marche que si l'inspecteur Corentin est protégé. Et là, je vous demande quelque chose, mais pour lui. Prévoyez une équipe de spéciaux à l'aéroport d'Istanbul. Au cas où...

Le dirlo sourit.

— Accordé, Badolini. Accordé. En espérant qu'ils n'auront pas à intervenir. Je m'en occupe tout de suite.

***

Dans la grande salle à manger Empire de la propriété de la rue de Vallières à Ville-d'Avray, le déjeuner avait quelque chose de cocasse. Non pas à cause du menu, somptueux ; saumon fumé de Norvège et carré d'agneau à la Fribourgeoise arrosé d'un bordeaux 1975. Ni à cause du service d'Odile, impeccable. Ni à cause de la disposition des convives. Meyte Bardim à un bout de la table, Béatrice à l'autre, avec à sa droite Boris et à sa gauche l'Irlandais. Armak était à droite du vieux Turc. Et personne à la gauche de celui-ci. Mais la cocasserie venait du fantastique sérieux de tout ça. A part la gueule de tueur de bas-quartier d'Istanbul d'Armak, on se serait cru à un déjeuner entre gens très bien : Sean Galway avait de la classe et de l'allure.

Et puis, personne ne parlait. Seul bruit : celui des couverts. Et les chants des oiseaux dans le parc par la fenêtre ouverte sur la chaleur du printemps enfin arrivé.

Sur une desserte, au milieu des couverts de service en argent et des assiettes, il y avait un téléphone. Ils évitaient tous de le regarder.

Au moment du dessert, une excellente bavaroise au cassis, quelqu'un cogna à la porte. Un petit blond, dans les trente ans. Boris jeta un coup d'œil par la fenêtre : une Porsche Carrera était rangée à côté de la Rolls

Royce Corniche. Ça y était, le petit blond dont avait parlé Blanche Castelli. Le ramasseur des comptées...

— Excusez-moi, patron, fit le petit blond, je peux vous parler ?

Meyte Bardim sortit dans le hall.

— Vas-y, Rudolph.

Rudolph était très pâle.

— Patron, il y a plein de flics dehors. Ils m'ont laissé entrer. Je ne pige pas.

Meyte Bardim lui tapota gentiment l'épaule.

— Ne t'inquiète pas. Je sais. Tout ça est un numéro. Je t'expliquerai plus tard.

Rudolph le regarda retourner à la salle à manger en se grattant le crâne.

*
**

Ils prenaient le café — tous sauf Rudolf — dans la bibliothèque quand la ligne privée de Meyte Bardim grésilla.

— J'ai annulé mes rendez-vous. Je suis censé être en voyage, fit le vieux Turc. C'est pour vous.

Boris décrocha :

— Oui ?

La voix de Charlie Badolini s'éleva dans le haut-parleur dissimulé dans un coin de la bibliothèque :

— Nous sommes d'accord. Mais à une condition.

Meyte Bardim et Béatrice se jetèrent un coup d'œil.

— Boris, reprenait la voix du patron de la Brigade Mondaine, jurez-moi sur la tête de Soizic que vous allez répondre en toute liberté à ma question. Je veux dire, êtes-vous vraiment libre de me répondre ? Jurez.

Boris eut un petit sourire :

— Personne ne me contraint à ne pas vous répondre en toute liberté, je le jure sur la tête de Soizic.

— Très bien. Ma question : ils ne vous forcent pas à accepter le marché ? Ils ne font aucune pression sur vous, y compris physique ?

Boris marqua un temps d'arrêt.

— Patron, j'ai juré sur la tête de Soizic. Vous pouvez me faire confiance. Je suis d'accord pour partir avec eux.

Béatrice se rua en avant. Elle avait les yeux hors de la tête :

— Minute ! Qu'est-ce que ça signifie ? C'est un code. Qu'est-ce que ça veut dire, Soizic. La tête de Soizic ? Vous vous êtes passé un message !

Boris aspira une lente bouffée de sa cigarette.

— Soizic, c'est un prénom breton, c'est le prénom de ma mère, qui vit toujours.

Béatrice se recula :

— Mais vous n'avez pas un prénom breton. Boris, c'est russe comme prénom.

— Oui, fit Boris, mais c'était le nom de Résistance de mon père. Il est parti en fumée à Dachau. On m'a prénommé Boris en souvenir de lui.

Sean Galway lança à Boris un regard très différent de tous ceux qu'il lui avait lancés jusqu'ici. S'il s'appelait Sean, lui, c'était en souvenir de son père, héros de la résistance irlandaise aux Anglais, mort sur un ponton à Porthsmouth.

— Ça va, fit Béatrice. Vous pouvez reprendre la conversation.

Charlie Badolini avait tout entendu, depuis son bureau.

— Pardon, mon petit Boris, fit-il.

Boris tapota sa cigarette au-dessus du cendrier. Meyte Bardim le regardait avec curiosité lui aussi : son propre père, compagnon de Kemal Ataturk, avait été haché en morceaux à une certaine époque de l'histoire de la Turquie. Haché à la hache sur un billot de maréchal-ferrant.

— Je vous écoute, reprit Boris.

— Bon. Toutes les dispositions sont prises. L'avion pour Istanbul décolle à Orly-Sud à 21 h 30. Tout le compartiment de la première classe est réservé pour vous. On ira à Orly ensemble. La salle d'embarquement est mise à notre disposition. On y vérifiera les dossiers promis. Puis l'échange se fera au pied de l'avion. C'est OK ?

Boris se tourna vers Béatrice.

— OK ?

Elle fit signe que oui.

— Parfait, reprit Boris, c'est OK. A tout à l'heure.

Et il raccrocha.

Béatrice pressa un bouton d'interphone :

— Odile ? Préparez les valises de Monsieur et de moi-même. Nous partons en voyage pour quelques jours.

Elle se tourna vers Boris :

— Si vos amis cherchent à nous doubler, vous savez ce qui vous attend ?

Boris sourit :

— N'ayez crainte. Mais vous, ne cherchez pas à nous doubler. Vous n'en sortiriez pas vivante. Juré sur la tête de Soizic.

CHAPITRE XV

Rudolph suçait une allumette en tournant autour d'Odile affairée à empiler de la lingerie féminine.

— Dis-moi, tu ne le trouves pas bizarre, le patron ? Je ne l'ai jamais vu comme ça. Il a vieilli de dix ans d'un coup.

Il ramassa un slip transparent tombé de la pile.

— Et puis, Béatrice a changé elle aussi. Autoritaire, arrogante. C'est bizarre...

Il secoua Odile par l'épaule.

— Tu m'écoutes ou quoi ? Il y a des cars de flics à la pelle tout autour de la propriété. Et des tireurs en gilet pare-balles. Ça ne colle pas, tout ça.

Odile se redressa et lui fit face :

— Crétin, tu n'as pas compris ? Ils se tirent. Tu sais qui c'est, le beau brun aux yeux noirs ? Un poulet. Corentin. Oui, ça te dit quelque chose. Ils ont loupé leur coup. Lequel, je n'en sais rien. Mais ils l'ont loupé. Il y a du marchandage dans l'air. Tu n'as donc aucune intuition. Ça pue la panique à plein nez.

Rudolph se recula.

— La panique ?

Odile se mit à rire.

— Mais oui, connard. Nous on va rester tout seuls comme des branques. Finie la bonne place. Note que je m'en fiche, moi, je n'ai rien à me reprocher. Edgar non plus d'ailleurs. Il trouvera une autre Rolls Royce à astiquer. Mais toi, ce n'est pas pareil. Tu es mouillé. Ils t'ont fait faire le sale boulot. Et ils te lâchent. Tu ne fais pas partie du voyage. Les flics vont t'alpaguer. Tire-toi quand il est encore temps.

Rudolph était blanc comme la chemise de nuit qu'Odile repliait maintenant.

— Ah non, ça ne va pas se passer comme ça. Je veux des indemnités. Et le gros paquet. J'y ai droit, j'ai assez marné.

Odile partit d'un rire sec.

— Comptes-y toujours. Armak va te mettre en morceaux. Ça sera ça, tes indemnités. Non, crois-moi, tire-toi. La Porsche, ça sera tes indemnités. Déjà pas si mal. Tire-toi, je te dis.

Il sortit à reculons.

— OK...

Dans le couloir, il s'appuya au mur et il se mit à réfléchir.

*
**

Béatrice écrasa sa cigarette à bout doré dans le cendrier de cristal.

— Armak et Sean, allez préparer les dossiers. Tous les dossiers. Je les veux sur le bureau dans deux heures. Je vérifierai moi-même.

Puis elle se pencha sur Meyte Bardim. Le vieux Turc rêvassait et ce n'était pas la peine de lui demander à quoi. Toujours le même sujet. Son si beau coup qui avait foiré. Et le fait qu'il n'était plus ce qu'il avait été. D'accord, il ne s'en tirerait pas si mal. Mais une fois à Istanbul, il faudrait fuir. Il avait assez amassé pour être tranquille. Mais il faudrait se planquer. Et ce serait l'inactivité. Sa bête noire...

— Tu es épuisé, murmura Béatrice très tendrement à son oreille. Va faire la sieste. Tu en as besoin. Nous avons tous besoin que tu sois frais comme un gardon tout à l'heure.

Meyte Bardim se souleva lourdement, mains crochées dans les accoudoirs de son fauteuil.

— Je crois bien que tu as raison...

Et il sortit à son tour. Maintenant, Béatrice était seule avec Boris dans la bibliothèque. Elle marqua un temps d'arrêt et tout à coup, elle se mit à le tutoyer. Avec une voix de gorge.

— J'ai envie de toi, comme chez Hermès. Comme rue de la Faisanderie.

Il haussa les épaules.

— Vraiment pas le moment.

Elle prit une interminable aspiration.

— Mais si, et tu baises tellement bien. Baise-moi tout de suite, j'en crève d'envie.

Il prit l'air grondeur.

— Ça ne va pas, la tête. Et si Meyte nous voyait...

Elle s'immobilisa :

— Va au petit salon au rez-de-chaussée. Tu sors, la cinquième porte à droite. Le salon à musique, avec un piano. Personne ne joue jamais du piano ici.

Elle joua des épaules.

— Il y a un canapé aussi. Assez grand pour toi et moi. Vas-y. Je vérifie que Meyte fait bien sa sieste et je t'y rejoins.

*
**

C'était vrai que le salon ne servait pas souvent. Il y avait une housse sur le canapé et Boris retira un index blanc de poussière après l'avoir passé sur le couvercle fermé du piano quart de queue. Les volets étaient fermés, mais comme la pièce donnait au sud et qu'il faisait soleil dehors, on y voyait assez bien dans la pénombre. C'était très cosy. Et Béatrice était une pro aussi en amour. Alors, pourquoi pas ? Boris s'assit dans un fauteuil crapaud et alluma une Gallia. Au moins, l'après-midi ne serait pas trop ennuyeux. Et ça lui éviterait de trop penser.

*
**

Rue de Vallières, Charlie Badolini venait de débarquer de sa R 19. Il leva le nez vers le portail avec ses deux lions de pierre au sommet des piliers. Puis il se tourna vers Aimé Brichot :

— C'est curieux, marmonna-t-il. Jamais encore de ma vie je n'ai eu envie de tuer. C'est fait. Ça m'est arrivé.

Aimé Brichot se gratta la moustache.

— Bienvenue au club, Patron. Mais moi, ce n'est pas seulement de tuer que j'ai envie. C'est de découper au couteau électrique. Celui que j'ai offert à Jeannette pour son anniversaire, samedi dernier.

Pour se changer les idées, ils allèrent inspecter tout le dispositif.

*
**

La porte émit un couinement léger en s'ouvrant. Béatrice. Elle s'introduisit en veillant à refermer sans bruit.

— Ça y est, il dort. Enfin, il sommeille.

Elle s'avança :

— A la duc d'Aumale ? fit-elle avec un sourire de toutes les canines.

Boris sourit :

— Quand il n'y a pas de lit... A la guerre comme à la guerre. A la duc d'Aumale !

Béatrice fut nue en quinze secondes et elle se jeta aussitôt sur lui. Et c'était reparti. La chevauchée fantastique dans le fauteuil crapaud. Pareil que rue de la Faisanderie. Béatrice s'empalait, se soulevait, se réempalait. Et elle se mordait les lèvres presque au sang pour ne pas crier. De temps en temps, elle suppliait Boris d'arrêter, juste pour qu'elle ne parte pas trop vite. Alors, ils haletaient.

Dehors, on entendait chanter les oiseaux dans le parc. Les graviers d'une allée crissaient sous le râteau du jardinier. Edgar, l'ex-chauffeur de la Mercedes 300 aux vitres fumées, changeait de place la Rolls Royce Corniche bleu ciel pour la mettre à l'ombre d'un tilleul et Béatrice et Boris entendaient vaguement ronronner le moteur. Très loin, derrière les hauts murs du parc, des cars de police s'amenaient. Des tireurs d'élite cherchaient des angles de tir à des fenêtres de maisons voisines pendant que des flics en civil recommandaient fermement le mutisme le plus absolu à des dames qui se tordaient les mains.

Tout ça était fabuleusement surréaliste. Ce parc merveilleux, cette maison bourrée de meubles estampillés et de tableaux de maîtres. Un lutteur de foire turc et un ex-terroriste irlandais en train de classer des dossiers. Un jardinier et un chauffeur au travail comme si de rien n'était. Un maître de maison vieilli de dix ans en un jour et qui faisait des cauchemars, tout habillé sur son lit. Une femme de ménage occupée à vider une garde-robe luxueuse dans des valises Vuitton. Un petit blond inquiet qui tournait en rond à l'office en décapsulant encore une canette de Heineken sortie givrée du réfrigérateur.

Et dans un petit salon à musique, une blonde nue à cheveux noyant tout son visage qui s'empalait en se mordant les lèvres au sang sur le sexe pharamineux d'un trop beau flic aux yeux noirs dont elle était tombée amoureuse dingue à cause d'un coup pourri.

Béatrice se lova contre Boris.

— Ne bouge plus, grogna-t-elle. Ne bouge surtout pas. Je vais te faire le pinçon. Tu veux ?

Il ne bougeait pas. Il était toujours aussi dressé en elle, mais c'était purement mécanique. Il était capable de ça. Faire l'amour sans cesser de penser à autre chose. Un fabuleux don de naissance. Le contrôle absolu de sa sexualité. Hérité d'où ? De Soizic, sa mère, à qui le destin n'avait pas permis d'avoir d'autre enfant que lui, et dont il savait, par une vieille photo jaunie, une seule, qu'elle avait été une ravissante servante d'auberge dans un hôtel d'autrefois à la pointe du Raz ? Ou de son père, Yann, le pêcheur breton aux dents éclatantes sur une semblable photo jaunie, et qui avait fait partie des pêcheurs de l'île de Sein qui avaient répondu, le 18 juin 1940, à l'appel de De Gaulle ? Pour retourner se faire parachuter en France, plusieurs fois, en mission secrète. Jusqu'à ce jour où il avait été pris.

Juste après avoir revu une dernière fois Soizic, qui accouchait neuf mois plus tard de son seul fils. De leur seul enfant.

C'était indigne de penser à tout ça en ce moment, mais c'était plus fort que lui. A Istanbul, le vol qu'il allait prendre devait atterrir longtemps après une heure du matin. Ça lui laisserait combien de temps avant le coup de pistolet dans la nuque ?

Il faisait jour ici. Il était quatre heures de l'après-midi. Il atterrirait de nuit à l'aéroport Yesikoy d'Istanbul. Il y a bien vingt-cinq kilomètres de l'aéroport à la ville. Est-ce qu'ils lui logeraient une balle dans la nuque en cours de route, pour le jeter sur le bas-côté ? Ou est-ce qu'ils attendraient d'être arrivés dans le quartier du bazar pour le liquider dans l'arrière-boutique d'un de ces commerces de tapis dont Meyte Bardim était le patron ?

Béatrice avait commencé à lui faire le pinçon. Le vieux truc des prostituées du *One Two Two,* le 122 de la rue de Provence. Le claque le plus célèbre de Paris fermé par Marthe Richard après la guerre. Le muscle circulaire interne de la fille assise sur le client lui pince le pourtour du membre, tout doucement. Délicatement. Puis les fesses de la fille remontent. La fille s'appuie aux accoudoirs du fauteuil. Et, s'il n'y a pas d'accoudoirs, aux épaules du client. Ça remonte jusqu'à ce que le « pinçon » bute sur le bas du gland. Là, il y a deux solutions, suivant l'état d'apoplexie du client. Jeannou la Grise, la dernière sous-maîtresse du *One Two Two,* était très nette sur les deux solutions. Si le client est apoplectique, on relâche le pinçon et hop, on franchit le seuil du gland d'un léger balancement vers le haut du bassin. Puis, hop, on repinçonne et boum, ça explose dès que le pinçon a refranchi, vers le bas, l'obstacle du renflement inférieur du gland. Après, salut le client. Il y en a un autre derrière toi.

Deuxième solution. Le client n'est pas un apoplectique. Là, on ne relâche pas la tension. On ne remonte pas pour franchir le barrage du gland. On redescend. Calmos, souriante, câline. Et on dit, toujours câline :

— Tu rallonges combien, beau brun ?

Ou beau blond, ou beau n'importe quoi. Et pour une pute, que le client soit beau ou pas, l'essentiel, c'est de pinçonner léger.

— Léger comme dans les œufs, répétait Jeannou la Grise pendant les exercices avec des tirailleurs algériens : il y a eu quelques mois de sursis pour les bordels après la Libération. Et les tirailleurs algériens, c'est quand même autre chose, pour l'exercice, que le troufion de base en uniforme feldgrau qu'il avait fallu supporter tout au long de l'Occupation.

La mère de Béatrice, pute notoire des années cinquante, avait eu pour professeur Jeannou la Grise, devenue Jeannou la Blanche assez rapidement après le choc insupportable psychologiquement de la fermeture du *One Two Two*. Et tout naturellement, Jeannou avait veillé aux premières armes de Paulette, rebaptisée Béatrice, vu qu'elle avait l'air bourgeois.

Béatrice redescendit, légère dans le pinçon. Légère. Dans les œufs. Et ses fesses revinrent s'asseoir sur les cuisses de Boris, à ras de l'aine.

Elle prit un petit moment de repos. Elle aussi pensait à des choses. Sa carrière de call-girl. Puis la rencontre avec Meyte. Et comme ça un jour, l'illumination : le Turc était maso. C'était elle qui lui avait sauté dans le flanc à pieds joints, talons aiguilles aux pieds. Le lendemain, il lui ouvrait un chéquier en blanc.

Et puis, samedi dernier, la « bourgeoise » d'Hermès. Le bonhomme à suivre, dont elle avait subitement découvert les yeux noirs plantés dans les siens. Puis le faux hôtel particulier de la rue de la Faisanderie. Et l'amour à la duc d'Aumale.

Inoubliable.

Et retrouvé enfin aujourd'hui.

Béatrice entoura les épaules de Boris avec ses bras et elle logea son visage dans son cou, là où battait une artère puissante. Comme battaient, autour de son pinçon pour l'instant en repos, les artères du sexe fabuleux qui lui écartait la vulve à la déchirer. Et lui donnait l'impression d'être planté jusqu'aux poumons.

— Tu es un drôle de type, toi, murmura-t-elle. Tu penses à des trucs, et je devine bien à quoi. Et en même temps, tu bandes toujours. Comment tu fais ? Tu es la vraie bête, toi.

Dehors, le râteau du jardinier griffait maintenant le gravier juste sous la fenêtre. Un rossignol jetait ses roucoulades effrénées dans le cèdre voisin.

— Ils ne te tueront pas, reprit Béatrice. J'ai pensé à tout ça. A l'arrivée, je ne te quitte plus. Je marche collée devant toi.

Elle recommençait à pinçonner, juste histoire de vérifier que le membre était toujours bien là.

Boris sourit.

— Et s'ils me tirent dans le dos ?

Le pinçonnage se relâcha.

— Boris... Je vais te dire un truc dément... Je me fous de Meyte. Je me fous de son fric. J'en ai marre de tout ça. J'ai bien réfléchi. Je te veux, toi. Je tapinerai pour toi... Ne remue pas comme ça. C'est sérieux. Je t'ai dans la peau. Le luxe dingue, les avions privés et tout ça, je connais.

Elle se remit à pinçonner.

— Mets-moi au tapin. Je serai une bonne gagneuse. Je connais le boulot. Tu ne seras pas le premier flic maquereau.

Elle se jeta sur ses lèvres et elle se mit à les dévorer.

— Je n'ai jamais vu un mec avec des yeux comme les tiens. Et une bite comme la tienne... Tu ne penses qu'à un truc : à tes copains flics dehors. Et tu bandes toujours ! Tu es une bête à plaisir. Je ne vais pas te lâcher.

Elle se redressa :

— On y va, beau brun ? OK. Je vais te faire gueuler.

Et elle se remit à pinçonner. Ce n'était plus du pinçon. C'était une machine à broyer. Il cria en même temps qu'elle. Longuement. Sans que ça paraisse pouvoir s'arrêter. Quand ils s'arrêtèrent, il y eut une petite dizaine de claquements de touche de piano.

Le début de *Au clair de la lune.*

Un peu hésitant, mais celui qui tapait les touches n'avait pas vraiment oublié les cours de musique, il y avait cinquante ans pourtant, dans un collège catholique d'Istanbul. D'ailleurs, il reprenait : *Au clair de la lune, mon ami Pierrot...*

Pour s'arrêter brutalement.

Meyte Bardim fit pivoter le tabouret sur lequel il était assis. Et il contempla le couple que formaient Béatrice et Boris Corentin.

Boris avait rarement eu autant envie qu'une bombe de poche à fragmentation fasse exploser le mur à côté de lui, pour permettre à une échelle de nylon de descendre d'un hélicoptère aux pales tournoyant furieusement à l'extérieur. Béatrice, elle, s'était effondrée contre son épaule. Le dos secoué de tremblements.

Meyte Bardim leva sa vieille silhouette incroyablement voûtée. Il referma le piano.

— Je ne comprends pas, balbutia-t-il. Que tu le baises, c'est une chose. Mais que tu y prennes du plaisir...

Il s'approcha.

— Tu y prends du plaisir ! hurla-t-il. Je t'ai entendu ! Tu délirais ! Tu lui disais des choses que tu ne m'as jamais dites.

Béatrice tordit le buste vers lui.

— Qu'est-ce que tu vas faire ? Appeler Armak et ce chauve à la sueur aigre de Sean Galway ? Et leur dire de nous tuer ?

Meyte Bardim recula jusqu'à heurter des reins le rebord du piano.

— Pourquoi veux-tu que je le tue, lui ? Je ne lui en veux pas.

Ses lèvres se soulevèrent dans un rictus :

— C'est toi que je veux tuer. Toi seule.

Il se pencha :

— Monsieur Corentin, séparez-vous d'elle, je vous en prie. Je ne peux pas supporter plus longtemps de la voir sur vous.

***

Béatrice était rhabillée et elle se recoiffait. Mécaniquement. Debout à côté de la fenêtre derrière laquelle le rossignol se déchaînait de plus en plus. Boris, lui, avait allumé une Gallia. Le soleil avait tourné, le salon de musique était plongé dans une pénombre à la limite de l'obscurité.

Meyte Bardim s'était rassis sur le tabouret du piano.

— Tout est changé, disait-il. Je ne pars plus.

Il releva son visage défait vers Boris.

— Comprenez-moi, monsieur Corentin. Je n'ai plus aucune raison de partir.

Il se prit la tête entre les mains.

— Elle était toute ma vie.

Béatrice fonça vers Boris.

— Qu'est-ce que tu attends ? fit-elle à voix basse. Maîtrise-le. On partira ensemble. Je n'ai plus besoin de lui. J'ai le fric. J'ai les adresses. Et je t'ai !

Derrière les volets fermés, le rossignol chantait à tue-tête. Et il chantait, pour Boris : Ne fais pas une connerie ! Attention. Rien n'est joué !

Boris s'avança vers Meyte Bardim. Meyte le salopard. Meyte le tueur. Meyte le maître-chanteur. Il tendit la main.

— Venez. Tout est fini. Venez.

Le vieux Turc le fixa, exorbité.

— Je ne comprends pas.

Boris lui attrapa le poignet.

— C'est pourtant simple. Béatrice ne vous a jamais aimé. Et vous, vous n'aimez qu'elle. Qu'est-ce qui vous reste ? Sinon me suivre.

Meyte Bardim s'appuyait au piano.

— Où ça ?

Boris serra un peu plus la main autour du poignet.

— Vous le savez bien.

Le vieux Turc, de plus en plus vieux, se mit à pleurnicher comme un enfant.

— Vous avez raison. Je n'en peux plus. Allons-y. Livrez-moi.

Béatrice vint tapoter l'épaule de Boris.

— Des fois que j'aurais mon mot à dire dans tout ça, moi !

Boris se retourna.

— Allons, sois raisonnable. Le coup est fini, cette fois.

Elle se cabra.

— C'est ce que tu crois. Tu t'imagines une seconde que j'ai l'intention d'aller en taule ?

Elle se fit très chatte.

— Oublions le vieux. Toi seul compte. Allons, arrête de déconner. On va livrer la vieille lope à tes confrères. Avec les dossiers. Et puis, on se met ensemble.

Boris se prit la tête à deux mains.

— Mais tu délires ou quoi ?

Elle courut vers lui.

— Pas du tout. Je te veux. Je t'aurai.

Après, tout alla très vite. La porte s'ouvrit dans leur dos et quand ils se retournèrent, ils virent Rudolph, le petit blond. Revolver au poing.

— Je veux ma part du coup. J'ai le droit. Où sont les coffres ?

Il se rua à l'intérieur de la pièce, les pointant tous les trois tour à tour avec son arme. Pour finalement s'arrêter en face de Meyte Bardim.

— Où sont les coffres ? répéta-t-il d'une voix surexcitée. Je sais qu'il y en a dans la maison. Je vous ai entendu en parler un jour. Je veux voir ce qu'il y a dedans. Allez ouste, répondez-moi. Où ils sont ?

Le vieux Turc vaincu eut un sursaut d'orgueil.

— Tue-moi tout de suite. Je ne te dirai rien. Je me fous de tout, désormais. Tire.

Rudolph s'immobilisa. Ahuri. Le patron n'était plus le patron. Mais une loque. Qu'est-ce qui avait pu se passer ? Il se tourna vers Béatrice, mais sa question lui resta sur les lèvres : Béatrice regardait le flic avec des yeux qui suffisaient à eux seuls comme réponse.

— Ah, je vois, ricana-t-il. Elle en pince pour le poulet, et vous vous en êtes aperçu...

Il réfléchit un petit moment. Puis il s'assit à califourchon, face à eux. Cette fois, il visait Béatrice.

— Je compte jusqu'à cinq, dit-il. A cinq, si vous ne m'avez pas parlé, je la tue.

La voix de Béatrice s'éleva dans la pièce, très paisible :

— Avant de commencer à compter, tu devrais regarder derrière toi. On ne t'a pas dit qu'il ne faut jamais se placer le dos à une porte ?

Rudolph avait pâli affreusement. Il fit ce que Béatrice lui conseillait de faire : Armak et Sean. Et le Herstall de Sean le visait.

— Lâche ton flingue. Et les mains en l'air.

Armak se précipita pour ramasser le revolver.

— Va avec eux.

Sean referma la porte derrière lui.

— Et maintenant, causons un peu.

CHAPITRE XVI

Dans le salon à musique, la disposition des occupants était désormais la suivante : Meyte Bardim recroquevillé sur une chaise contre le mur faisant face au piano avec Béatrice et Boris debout à sa gauche. Puis Rudolph ficelé par terre dans un coin. Et bâillonné. En face d'eux, de l'autre côté de la pièce, Sean Galway assis sur le tabouret du piano, le dos appuyé au couvercle refermé. Et Armak debout derrière le piano. Tous les deux, arme à la main.

— Patron, commença l'Irlandais. Il faut bien que vous compreniez la situation. On en a longuement causé, Armak et moi. C'est clair et net : en foirant, votre coup tordu nous met au chômage. Et même pire, il nous rend définitivement tricards pour tous les flics du monde. Vous, vous avez vos réserves. Vous êtes bourré aux as. Pas de problème. Nous, c'est différent. Vous nous payiez bien, c'est vrai, mais on n'était que des employés.

Meyte Bardim le fixait, de plus en plus voûté. Il avait déjà compris. Et la suite de l'exposé ne le surprit pas.

— Voici comment les choses vont se passer, reprenait Sean. Rudolph est un peu soupe au lait mais il a raison, rapport aux coffres. Ils sont bourrés de cailloux. Vous vous rappelez : « Mes petits, les cailloux, il n'y a que ça de sûr. Ça ne prend pas de place et ça se négocie partout. »

« Bon, on n'est pas des chiens. On ne veut que les cailloux. »

Il consulta sa montre :

— Il est seize heures. On part à dix-neuf heures trente. On n'a pas le temps de forcer les coffres et d'ailleurs on n'a pas l'outillage et on ne connaît pas le boulot. Donc, le seul moyen est que vous veniez avec nous ouvrir les coffres. Il y en a trois et je sais où ils sont.

Il prit une inspiration profonde !

— Vous êtes le seul à connaître les numéros des combinaisons. Venez, ça ne prendra pas longtemps. Et je le répète, tout ça ne sera pas injuste du tout. On a droit à nos indemnités de chômage, non ?

Meyte Bardim serra les dents.

— Jamais. Allez, tue-moi.

Sean poussa un soupir.

— Patron, ne soyez pas ridicule. Vous êtes seul à savoir les numéros.

Le vieux Turc croisa les bras.

— Je t'ai dit : jamais.

Sean se mit à siffloter :

— Dommage, vous allez me forcer à employer les grands moyens.

Meyte Bardim eut un sourire ironique :

— Tu sais que j'ai déjà fait deux infarctus. Je te claquerai dans les pattes avant qu'Armak ait eu le temps de donner son troisième coup de marteau, si c'est ça que tu penses.

L'Irlandais haussa les sourcils, l'air surpris.

— Patron, je n'oserais jamais vous faire du mal. Après tant d'années de collaboration, ce ne serait pas bien. Il se leva : je suis désolé, mais je n'ai pas d'autre moyen. Béatrice, viens ici. Grouille. Maintenant, tu montes sur le piano, à plat ventre, voilà...

Il avait fait le tour du piano et il lui avait attrapé les poignets d'une main. L'autre pointait toujours son Herstall.

Là-bas, Meyte Bardim s'était mis à haleter. Le visage presque aussi blanc que ses cheveux.

— Rassurez-vous, Patron, reprit l'Irlandais, on ne va pas l'abîmer. Elle est vraiment trop ravissante pour ça, n'est-ce pas ?

Il se pencha et souleva d'un geste sec la jupe qui alla s'affaler en corolle sur les épaules et la tête de Béatrice.

— Tellement mignon, le petit cul, apprécia-t-il. Hein, le flic ? Qu'est-ce que tu en penses ? C'est une affaire, Béatrice, hein ?

Boris se mordit les lèvres. Jamais de sa vie, il ne s'était trouvé dans une situation aussi pourrie. Pieds et poings liés beaucoup mieux que s'il les avait eus réellement. Il se détourna. Le vieux pâlissait de plus en plus. Un infarctus, bien d'autres choses que la torture peuvent le provoquer. Une trop forte émotion, par exemple.

Là-bas, Sean s'était mis à passer et à repasser le canon de son Herstall sur les fesses de Béatrice.

— Ouvre les cuisses. Plus que ça. Ouvre. Voilà. Ah, le beau cul !

Maintenant, le canon se glissait dans la fente. Fouillant un peu partout.

— Alors ? fit Sean.

Meyte Bardim s'accrochait à deux mains à sa chaise. D'accord, Béatrice se prostituait pour lui. Elle s'ouvrait à d'autres hommmes que lui, et par tous ses orifices. Mais c'était autre chose. Les clients la payaient. Et elle lui rapportait l'argent à lui. Elle était sa chose et c'était bon de la prostituer. Bon pas seulement pour le fric. Pour le plaisir. Ça l'excitait encore plus de ne pas savoir de quels bras elle sortait quand elle revenait de piétiner avec ses talons hauts. Et puis, les clients, ce sont des inconnus. Juste des types qui payent. Pauvres types...

Bien sûr, il avait fait cette atroce découverte, tout à l'heure : Béatrice, sa Béatrice amoureuse du flic. Et qui n'était avec lui que pour son argent. Mais le flic, se n'était pas pareil. Un ennemi. Et qui s'était très bien battu. Il méritait le respect.

Tandis que ça, Armak en train de se déboutonner... Armak, l'exécuteur des basses besognes, l'employé poilu comme un singe, non, non ! Même si Béatrice ne l'aimait pas, il ne pouvait pas le supporter.

Il se leva à demi, hagard. Sean tendit le visage vers lui :

— Ah, on devient raisonnable. Je préfère. Alors ?

Meyte Bardim se rassit. Pas possible. Il ne pouvait pas laisser ces deux salauds prendre toutes ces pierres amassées année après année. Pas possible.

— Jamais ! cria-t-il. Jamais !

Sean fit signe à Armak :

— Le cul de la belle est à toi.

Armak eut un franc sourire de porc et il se mit en position. Béatrice hurla très vite. Il était énorme. Et il ne l'avait pas prise côté ventre. Elle se débattait tellement que Sean dut la tenir à deux mains. Boris s'était détourné. Des envies de meurtre le dévoraient.

Désormais, Béatrice hurlait chaque fois qu'Armak le voulait. Un coup de reins, un hurlement. Un instant de repos. Puis un autre coup de reins et un autre hurlement. Entre deux hurlements, on entendait chanter les oiseaux dehors. Et aussi la respiration sifflante de Meyte Bardim.

Subitement, Sean fit signe à Armak d'arrêter : Meyte Bardim s'était levé. Vacillant.

— Ça va, bredouilla-t-il. Ça va. Arrêtez. J'accepte.

Il tournoya sur lui-même et il s'effondra.

— *Shit !* jura Sean.

Boris s'était précipité. Il souleva le vieil homme et lui prit le pouls. Armak s'était arraché à Béatrice et il guettait en se reboutonnant. Béatrice sanglotait, toujours effondrée sur le piano.

Boris se releva :

— Le pouls est faible, mais il bat.

L'Irlandais se passa le dos de la main sur les lèvres.

— Ouf.

Il se pencha sur Béatrice.

— Désolé, patronne. Mais il n'y avait pas d'autre moyen.

Elle se souleva sur les coudes.

— Tu me le payeras. Je te le jure.

Boris avait étendu Meyte Bardim dans le canapé. Il se tourna vers Béatrice.

— Il prend bien des médicaments pour le cœur ?

Elle fit signe que oui.

— Va les chercher.

Quand elle revint, le vieux Turc avait repris conscience. Il avala ses pilules et son verre d'eau et il fixa Sean.

— Bon, allons-y.

Armak et l'Irlandais le prirent chacun sous un bras.

Resté seul avec Béatrice, Boris désigna du menton le petit blond ficelé dans un coin.

— Qu'est-ce que vous allez faire de celui-ci ?

Elle haussa les épaules.

— On vous le laisse. J'ai horreur des idiots.

*
**

Pour Meyte Bardim, c'était le calvaire en trois stations à travers la maison. Première station, le coffre-fort dissimulé derrière un panneau de la bibliothèque. Là, il y avait des travellers chèques, en dollars. Des masses de travellers chèques. Puis les émeraudes et les rubis. Deuxième station, le coffre-fort de sa garde-robe, au premier étage, derrière ses costumes. Encore des travellers, des lingots et des rubis. Troisième station : le coffre-fort de la cave, à côté de la chaufferie. Les diamants. Bruts et taillés. Beaucoup de diamants.

Meyte Bardim s'était appuyé au mur, haletant : Sean se penchait encore et il fouillait. Des dossiers. Rien que des dossiers.

Il allait se relever quand il aperçut le coin d'une photo dépassant d'un classeur fermé par une cordelette. Il sortit le classeur et l'ouvrit. Pour émettre un petit sifflement. Rien que des photos cochonnes. De Meyte Bardim. A tous les âges depuis la trentaine. Et toutes les photos le montraient se tordant par terre, tout nu sous des talons aiguilles.

Sean se retourna, rigolard.

— Eh bien, patron, si on avait su ça...

Il se bloqua et les photos lui échappèrent des mains, se répandant partout sur le sol.

Et jusque sur Meyte Bardim, écroulé les bras en croix, la bouche ouverte et les yeux révulsés. Mort.

Sean se rua hors de la cave.

Les minutes qui suivirent furent assez cahotiques. Mais, surtout, personne, ni Sean, ni Armak, ni Béatrice ne songèrent à se demander où était passé Boris Corentin. D'ailleurs, c'était sans importance. N'était-il pas lié à eux comme par une chaîne, même libre d'aller et venir où bon lui semblait ?

Dans la cave, Béatrice se releva.

— Cette fois, c'est fini. Vous l'avez eu, tous les deux.

Son visage ne manifestait pas la moindre émotion. Juste une légère crainte, peut-être. Elle fixa tour à tour Armak et Sean, plantés au-dessus d'elle. Qu'est-ce qui allait leur passer par la tête à ces deux-là ?

Un rapide claquement les fit se retourner tous les trois. La porte venait de se refermer. Puis il y eut le bruit de deux tours de clé et tous les pènes de la porte s'enclenchèrent dans leurs logements respectifs. La porte blindée. A serrure blindée. Capable de résister aux balles. Une installation dont Sean s'était occupé personnellement.

Béatrice partit d'un rire nerveux.

— Rapide des réflexes, le flic, non ?

Elle ferma soigneusement les yeux de Meyte Bardim.

— Bon, réfléchissons, fit-elle. Quelles sont nos chances ?

Armak et Sean contemplaient leurs Herstall inutilisables. Des balles, ça ne peut rien contre un blindage d'acier de cette épaisseur. Sean releva le nez.

— Nos chances ? sourit-il. Tes chances, tu veux dire.

Elle se recula :

— Qu'est-ce que ça signifie ?

— Notre monnaie d'échange, c'est toi, désormais.

CHAPITRE XVII

Boris arrachait un à un tous les tiroirs du bureau de Meyte Bardim, dans la bibliothèque.

— Bon Dieu, jura-t-il. Il avait bien un flingue quelque part. Tout près. On a un flingue tout près de soi quand on s'appelle Meyte Bardim et qu'on reçoit des gens pas nécessairement amicaux...

Puis il eut un petit sourire et tapota par en dessous le bureau. Evidemment, plus sûr que le coup du tiroir : l'arme scotchée sous le bureau, il trouva tout de suite. Un Luger. Il vérifia rapidement : armé.

Et il bondit hors de la bibliothèque. Il fallait s'assurer de tout au plus vite.

Odile, d'abord, la femme de chambre. On ne savait jamais. Il la trouva en train de repasser à l'office et elle eut beau l'assurer de ses excellents sentiments à son égard, il l'enferma vite fait bien fait dans le placard à balais. Puis il alla au salon à musique vérifier que Rudolph était toujours bien en place. OK. Armak savait faire des nœuds d'enfer avec les cordes. Après, il se rua sur le perron : le chauffeur bichonnait toujours la Rolls-Royce. Vite fait bien fait, il s'installa à l'intérieur et Boris referma toutes les portières du dehors avec le modèle de commande du système anti-vol. Désormais, le chauffeur ne pourrait plus sortir que si on le lui permettrait.

Restait le jardinier. Disparu. Boris consulta sa montre. Dix-huit heures. OK, les employés terminent leur travail à dix-sept heures, aujourd'hui. Et la R5 disparue de sa place, c'était donc la sienne.

Boris refonça à l'intérieur et en quinze secondes, le téléphone de Meyte Bardim était décroché.

— Patron, c'est Boris. La situation s'éclaircit très nettement. Vous êtes bien assis ? Bon, j'y vais.

*
**

Charlie Badolini avait dix ans de moins dans les épaules.

— Bon Dieu murmura-t-il dans son écouteur. On ne peut pas dire que vous manquiez de réflexes.

Boris se mit à rire :

— Depuis le temps que j'attendais de pouvoir les déclencher, mes réflexes...

La voix se rembrunit :

— Ne croyez pas que ce soit fini. Ils sont toujours trois dans la cave.

Charlie Badolini eut un geste large.

— Problème de détails, maintenant.

Il y eut un silence.

— Patron. Ils vont nous faire chanter avec elle.

Charlie Badolini haussa les épaules.

— Eh bien, qu'ils essayent... Bon, j'appelle les collègues, autour de la propriété. On les fait entrer, non ?

La voix de Boris se fit rageuse :

— Je ne pige pas, Patron, l'ordre n'est pas déjà donné ? Vous n'avez pas l'air de bien vous rendre compte. Il y a deux fauves dans la cave avec la fille. Ils n'ont pas fini de nous donner du fil à retordre, croyez-moi !

***

Sean Galway faisait le tour de la cave. Scientifiquement, cherchant la faille. Rien. Murs bétonnés. Plafond bétonné. Sol bétonné. Du joli travail, le vrai petit bunker autour du coffre aux diamants.

Encore heureux qu'il y ait l'ouverture d'une double gaine d'aération. Au moins, ils avaient à respirer. Il retourna examiner la porte. Non, rien à faire, même pas une vis apparente. Les ouvriers, il y avait trois ans, avaient bien exécuté ses ordres. Tout était soudé. C'était lui-même qui avait prévu que la cave puisse servir de prison.

Il se recula.

— Il n'est pas nécessaire d'espérer pour entreprendre, murmura-t-il sourdement. Ni de réussir pour persévérer.

Armak le fixa :

— Qu'est-ce que tu baves ?

L'Irlandais haussa les épaules.

— C'est de Guillaume d'Orange. Bien sûr, ça ne te dit rien. Illettré...

Béatrice, assise par terre dans un coin, plongeait sa main dans un sachet de plastic et faisait couler entre ses doigts des pierres valant une fortune comme si c'était du sable. Armak transpirait en face d'elle. De trouille. Elle ne lui en voulait pas. Elle ne lui en avait jamais voulu. Pas plus qu'à l'Irlandais. Et voilà, Meyte était mort et tout s'écroulait. Elle ne partirait jamais à Istanbul. Elle ne se ferait plus jamais refaire l'amour par Boris. C'est comme ça, la vie. Elle lui avait tendu un piège, une semaine exactement plus tôt, chez Hermès, rue du Faubourg Saint-Honoré. Et voilà, le piège, son propre piège, se refermait sur elle. Elle se mit à sourire pour elle toute seule. Elle se rappelait. Les lignes de la main. Comme pour le prévenir sans le prévenir. Juste parce qu'il faisait si bien l'amour. Elle aurait dû se méfier : Boris avait la plus belle ligne de chance qu'elle ait jamais vue.

***

Boris était sur le perron, guettant l'entrée des cars de police à travers le portail qu'il venait d'ouvrir par télécommande. Un bruit à sa gauche, dans les fusains, le fit se jeter à plat ventre, Luger à bout de bras.

— Calmos, fit la voix. Puis la tête apparut. Pascal Arreti. Puis deux autres têtes : un albinos et un longiligne.

Boris se releva avec un interminable éclat de rire :

— Trop tard. A une demi-heure près, trop tard.

Pascal Arreti sortit des fusains.

— Expliquez-vous ?

— Ah ça, bien volontiers.

Quand Boris eut terminé, le Corse se passa la main dans les cheveux.

— Dommage, j'aurais bien étranglé le Bardim de mes propres mains.

Boris lui tapa sur l'épaule.

— Merci quand même d'avoir essayé de me donner

un coup de main. Mais à mon avis, vous devriez vous tirer vite fait bien fait. Regardez.

Là-bas, le premier car de flics débouchait au détour d'un bosquet sur l'allée gravillonnée.

Pascal Arreti, Georges-Arnaud et le longiligne replongèrent dans les fusains.

— Je venais pour l'amitié, juste pour l'amitié, dit encore le Corse. Juré.

Boris lui fit un petit signe d'adieu.

— Merci. J'ai noté.

Dix minutes plus tard, la R25 de Pascal Arreti arrivait pont de Sèvres. Là-haut, rue des Vallières, des nuées de flics en renfort découvraient, à la fois ahuris et circonspects, ce que peut être la maison d'un truand international.

La voiture de service de Charlie Badolini dérapa dans les graviers en freinant juste à ras de la Rolls-Royce et Charlie Badolini en jaillit, suivi d'Aimé Brichot..

— Ah, Boris, Boris..., fit-il en se levant sur la pointe des pieds pour l'étreindre.

Boris se laissa faire, avant de se dégager.

— M..., j'ai oublié la femme de chambre et le chauffeur.

Il désigna la Rolls-Royce du menton. L'homme dormait derrière la vitre. Tranquille. Mais Odile ne dormait pas, elle, quand on lui ouvrit son placard. Et elle se jeta, toutes griffes dehors sur le flic de base qu'elle avait trouvé dans son chemin en jaillissant du noir.

⁂

La tête de Meyte Bardim, l'homme qui avait voulu se faire un jour Boris Corentin, ballottait dans le tissu de la civière. Hop, la civière l'enfourna à l'arrière d'une Estafette. Plus de Meyte Bardim, commerçant de tapis, trafiquant de drogue et de filles et qui avait un jour, à soixante ans, franchi un pas de trop dans l'escalade qui consiste à vouloir jouer de plus en plus près avec le feu.

Heureusement pour lui qu'il ne voyait pas ce qui se passait dans la bibliothèque, sous les tableaux de maîtres qu'il aimait à caresser de la main, le soir avant d'aller se coucher. Il y avait conférence chez lui. Mais conférence légale. Pas très son genre.

A sa place, un petit homme sec aux yeux globuleux et aux bottines à talons surélevés jouait avec son propre coupe-papier. Il fumait une Celtique maïs et son costume était d'un détestable bleu pétrole. Visiblement, son compte en banque ne lui permettait pas de s'offrir des tailleurs sur mesure.

En face du petit homme, les invités dans sa propre bibliothèque avaient des costumes fatigués, des airs de gens qui ont du mal à joindre les deux bouts en fin de mois. Des gros, des grands, des maigres, des petits, des jeunes et des moins jeunes.

Des flics.

Incroyablement flics d'allure à part deux d'entre eux. Un athlète brun aux yeux noirs. Un sosie d'Alain Delon en plus jeune que le modèle. Et un petit chauve assez drôle avec son costume à l'anglaise, mais très élégant quand même.

D'ailleurs, eux, ils étaient assis aux places d'honneur en face du petit homme aussi à l'aise que derrière son bureau Empire du 36 Quai des Orfèvres. Assis dans les mêmes fauteuils que l'autre jour face à Meyte Bardim, le triomphant d'alors.

Dumont, l'adjoint direct de Charlie Badolini, terminait de compulser la masse de dossiers étalés devant lui sur la table basse. Il releva le nez. Plus apoplectique que jamais.

— Alors ? fit Charlie Badolini.

Dumont se mit à rire :

— Patron, c'est de la dynamite. Je ne vous dis pas le nombre de réseaux qui vont valser et des têtes qui vont sauter.

Charlie Badolini agita le coupe-papier du vieux Turc et Aimé Brichot trouva in petto qu'il récupérait un peu vite la situation. Après tout, c'était Boris, le héros.

— Je sais, coupa Charlie Badolini. Mais on verra ça plus tard. Ce qui m'intéresse, pour l'instant, c'est l'autre dossier. Celui supposé blanchir l'inspecteur Corentin.

Dumont se releva.

— Là, soyez tranquille, Patron. Tout y est. Photos y compris. Boris ne risque plus rien.

Aimé Brichot toussota :

— Je peux téléphoner, Patron ?

— Bien sûr, fit Charlie Badolini en poussant vers lui le combiné.

Brichot tapota des touches et puis :

— Jeannette ? C'est Mémé. Toi seule sait lire les lignes de la main. Boris est sauvé.

Il raccrocha. Le patron se levait :

— Messieurs, il reste tout de même à résoudre le problème de cette fille et des deux tueurs dans la cave...

*
**

Armak avait demandé à Béatrice, poliment cette fois, si elle était contre une petite fornication copain-copine. Après tout, plaidait-il, on va aller au trou tous les deux, et on sera privé quelque temps des plaisirs du sexe d'en face. Elle avait accepté, à condition qu'il ne recommence pas ses dingueries de tout à l'heure. Juré. Craché. Avec un gros crachat turc sur le béton.

Pendant qu'ils faisaient la bête à deux dos dans un angle de la cave, Sean Galway continuait à réfléchir. Toujours son truc de base : ce n'est pas parce qu'on ne trouve pas la solution qu'il faut abandonner.

Il s'assit dans un coin. Bon. Réfléchissons. Première solution : la solution de détresse. Les flics allaient venir d'un moment à l'autre de l'autre côté de la porte pour parlementer. Les flics ne sont pas des assassins. Ils ont pensé eux aussi à la solution de détresse. Sean Galway qui dit : « Laissez-moi sortir ou je flingue Béatrice. » Possible, mais risqué. Ils avaient sûrement des tireurs d'élite. Et, depuis quelque temps, la police avait ordre de ne plus ménager les voyous. Souvenir de Jacques Mesrine. Neuf chances sur dix qu'ils les flinguent, lui et Armak. Et il savait d'expérience d'IRA que c'est faux que l'index d'un type presse la détente par réflexe si on le flingue. Il avait vu, devant lui, un jour à Belfast. Et n'avait dû sa survie qu'à un fabuleux horoscope ce jour-là. Juré. Craché : Horoscope. Lu après coup.

Bon, deuxième solution. Trouver un coup tordu. Un vrai coup tordu. D'ac, mais lequel ? Inutile de compter sur Armak. Cervelle de coq de combat. Ni sur Béatrice. Chez une pute, tout tourne autour de la vulve. Point à la ligne.

Il se concentra. En hibernation. Comme Meyte Bardim devant lui, tellement de fois.

***

Charlie Badolini faillit se casser la figure dans les marches avec ses talonnettes et ses fesses ne durent leur salut qu'aux réflexes de Boris Corentin, qui le rattrapa in extremis sous les bras. Jusqu'à lui relever l'encolure de la veste plus haut que la calvitie.

— Merci, grogna le patron de la Brigade Mondaine en se redressant dignement.

Il atteignit la porte blindée.

— C'est Fort Chabrol, là-dedans...

Il tâtait la porte, et les parois du mur :

— Joli travail. Ils ne sortiront jamais. Ils sont cuits.

Boris se plaça devant lui :

— Patron, il y a là-dedans un grand type chauve à couronne et sourcils roux qui a dans le regard au moins autant d'intelligence que Meythe Bardim. Faites-moi confiance, je l'ai vu à l'œuvre. Il est là, juste derrière la porte. Il gamberge comme on gamberge, nous. Et qu'est-ce qu'il gamberge ?

« Un, il se dit qu'il va monnayer sa sortie contre la vie de la fille. OK. Pas bête. Mais il se dit aussi ce que je me dirais à sa place : trop risqué. Tireurs d'élite. Changement d'ordres donnés à la police, etc. Alors quoi ? Il cherche autre chose.

Charlie Badolini s'épousseta l'épaule.

— Qu'il cherche. Il est coincé.

Boris se mangea un peu les lèvres.

— Patron, nous ne savons ni l'un ni l'autre ce qu'il y

a derrière cette porte. Dans cette cave construite par Meyte Bardim.

Le petit Niçois à talonnettes surélevées leva les yeux vers le fils qu'il aurait aimé avoir. Boris. Sauvé par miracle. Par intelligence, plutôt.

— Qu'est-ce que vous voulez dire au juste ?

Boris jeta un coup d'œil de biais à Aimé Brichot :

— Ceci : cette cave, c'est Fort Chabrol. Vous l'avez dit. Mais ça veut dire quoi aussi ? Que le type qui l'a imaginée a peut-être prévu de soutenir un jour un siège là-dedans.

Charlie Badolini se recula :

— Vous avez vraiment oublié d'être bête, vous. Et les émotions, c'est des vitamines chez vous.

⁂

De l'autre côté de la porte, Sean Galway suivait un raisonnement exactement parallèle à celui de Borris. Evident ! Meyte avait tout prévu. Même le cas où il serait obligé de se réfugier ici en catastrophe !

Il se remit à examiner les murs avec des yeux de loups.

Dix secondes plus tard, la lumière s'éteignait.

Il se prit la tête à deux mains.

— *Shit !* Je suis sûr que c'est un coup de Corentin, sûr !

Dans son dos, Armak ahanait toujours avec Béatrice. Il se mit à hurler.

— Fermez vos gueules !

De l'autre côté de la porte, Charlie Badolini se recula.

— Boris, ils commencent à paniquer. C'est bon.

Boris le fixa.

— Ne croyez pas ça. L'Irlandais s'excite, c'est vrai. Mais il ne panique pas.

Il se laissa aller le dos contre le mur. Et il tenta de réfléchir.

« Principe de base. Se mettre à la place de l'adversaire. Qu'est-ce qu'il pense ? Qu'est-ce qu'il dit ? Bon. Je suis l'Irlandais. Je suis enfermé dans une cave blindée avec un tueur turc à la cervelle d'oiseau et une pute de luxe. OK. Je peux tenter le coup de me servir de la pute pour exiger ma sortie. Mais les lois ont changé. Ça ne marchera pas. Fusillade style Mesrine assurée. Bon, quoi d'autre. Je raisonne. Je suis dans une cave méticuleusement blindée. Pourquoi ? Pour que d'éventuels cambrioleurs ne puissent pas avoir accès à mon magot. »

« Seulement que ça ? Et si la cave pouvait aussi être un refuge ? Une porte blindée non pas vers l'intérieur, mais vers l'extérieur. »

« Ah, je commence à y voir un peu plus clair. Reprenons. Je suis Meyte Bardim qui a été obligé de se réfugier dans sa cave avec un coffre. Un coffre rempli de quoi payer toutes les péripéties de sa fuite. Mais oui !... Et ça veut dire quoi aussi ? Qu'il y a une issue à la cave. Une issue secrète ! »

Boris sortit de sa réflexion comme un dauphin jaillit hors de l'eau.

— Patron ! Tout le monde à la fouille de tous les tiroirs, tous les placards, et les deux autres coffres, surtout eux. Je cherche un plan. Un plan moyenâgeux.

Charlie Badolini le fixa :

— Mon petit, vous avez eu beaucoup d'émotions...

Boris lui éclata de rire au nez.

— Vous en voulez, des émotions ? Vous allez en avoir !

*
**

Au moins, Sean Galway avait une petite satisfaction. Béatrice et Armak avait cessé d'émettre leurs bruits de basse-cour. Ça l'aida à poursuivre le cours de ses réflexions, appuyé du dos à cette satanée porte si bien blindée par ses propres soins.

« Bon, reprenons. La cave n'est pas qu'un coffre-fort à protéger du côté extérieur. C'est un refuge. Une cache in extremis pour Meyte Bardim au cas où il n'aurait pas eu d'autre moyen de s'enfuir que de foncer vers les sous-sols. D'ac. J'y suis, la cave est bien un Fort Chabrol. Mais Meyte n'est pas un imbécile d'anarchiste romantique. S'il fait Fort Chabrol, c'est pour qu'il y ait une issue. Question : Où ? »

« Où ? Salaud de Meyte qui m'a fait faire tout le boulot ici sans me brancher sur l'essentiel : la sortie ! »

L'Irlandais s'obligea à ne plus se ronger la peau des ongles. Ses neurones galopaient en pleine course de Formule I. « Je poursuis. Je suis Meyte Bardim, le cerveau ordinateur. Je pense à tout. Y compris au cas où je suis enfermé dans ma cave avec des ennemis là-haut. Que font les ennemis ? Ils me coupent l'électricité, bien sûr. »

« OK, j'ai tout prévu, j'ai une solution de secours. »

Sean revit le visage aux yeux révulsés du vieux Turc. Tu as tout prévu, vieux salaud, hein, cher vieux salaud... Il recula à tâtons, vers le coffre. Logique. Le seul lieu de la pièce dont Meyte Bardim était seul à pouvoir ouvrir la porte.

Il fouilla à l'aveuglette.

Et il eut un profond soupir d'admiration pour Meyte Bardim. Et pour sa propre intuition. Sous ses mains, derrière une pile de dossiers dans le coffre, des bougies. Il tâtonna encore un peu. Une boîte d'allumettes. Sacré vieux Meyte.

Béatrice cligna des yeux dans la lumière de la bougie.

— C'est quoi ? c'est l'office des morts ?

Sean secoua la tête.

— Conasse, viens m'aider.

Ils mirent dix minutes à trouver ce qu'il voulait. Noyé au milieu d'une série de comptes d'entreprise de tapis d'une banalité répétitive à mourir d'ennui, soudain, une page étrange. Un angle tracé à la pointe feutre et une flèche avec un N. N comme Nord. Puis des signaux tracés comme des signaux de Morse. Trois points, trois traits et trois points.

Sean Galway était natif de l'île d'Aran, à l'ouest de l'Irlande. Un endroit où on sait dès le berceau ce que ça veut dire, la tempête où un marin est en perdition. Un navire dont la radio tape désespérément le SOS universel des marins. Neuf signaux. Trois courts, trois longs, trois courts.

Il releva sa haute silhouette à heurter de son crâne chauve le plafond bétonné.

— Armak ? Tu as le sens de l'orientation. Où est le nord ?

— Armak se gratta le menton. Et il se mit à rigoler.

— Sous les fesses de Béatrice.

Sean Galway s'avança avec sa bougie à la main qui le rendait fantomatique dans la cave-bunker.

— Béatrice, je suis désolé, il faut soulever tes fesses.

Elle souleva ses fesses. Avec un petit cri. Quelque

chose accrochait un pan de sa jupe. Elle tira, énervée. Sean se rua, bougie à bout de bras.

Un bouton de métal. Là, juste sous les fesses soulevées de Béatrice. Il se pencha encore.

Et il lut, gravé dans le métal : SOS.

Il marqua un temps d'arrêt puis il vira de la nuque vers Armak.

— Armak. Ramasse les pierres. Ramasse les lingots. Fais le paquet. On se tire.

Le Turc souleva ses sourcils épais comme des quilles de caïques dans la mer de Marmara.

— Tu flippes ou quoi ?

Sean Galway se tourna tout à fait.

— Tu n'as pas compris : j'ai besoin d'un porteur.

Tout se passa très vite, après. Armak, yeux hors de la tête, se rua en avant.

Il venait de comprendre.

L'échange de coups de feu résonna avec une violence à casser les tympans. Résultat : les Irlandais chauves à couronne rousse sont meilleurs tireurs, surtout en champ clos, que les petits tueurs poilus natifs des faubourgs d'Ankara.

Béatrice regardait Armak qui se vidait dignement de son sang à la lueur de la bougie.

— Je préférais nettement Boris, fit-elle. Il était plus sensible dans la conversation. Mais Armak avait une belle queue aussi. Dommage, c'est si rare.

Sean l'attrapa par les poignets.

— Arrête de déconner. Et regarde.

Elle se repoussa de côté. Et il pressa le bouton de métal à peine visible dans le béton. Neuf fois. Avec des intervalles plus lents. Comme en Morse. Quand une radio de bateau en perdition appelle du secours.

A la fin du pianotage, il y eut un craquement dans le béton. Juste dans le dos de Béatrice.

— Ho ! fit-elle. Ça ne va pas, le mur !

Le mur la poussait en avant. Le mur s'ouvrait.

Sur les ordres d'un mort. Meyte Bardim.

Et ça sentait subitement le rat et le salpêtre. Avec un courant d'air mou et aigre qui venait de là-dedans.

Sean attrapa le sac de pierres et de lingots.

— Viens. Tu veux vivre libre ? Viens !

Au bout de cent mètres, ils butèrent sur un mur de brique. Béatrice s'assit, sa bougie à bout de bras.

— Donne-moi ta main.

Il hésitait.

— Pige pas.

— Ouvre la paume.

Elle se pencha.

— Ah ! la croix au milieu de la ligne de vie... Tu as quel âge ?

Sean se sentit idiot.

— Trente-huit.

— C'est bien ce que je pensais. C'est encore jeune. Tu vas mourir jeune.

Il l'attrapa par les épaules et la secoua à lui casser le crâne, et à lui aussi, dans la nuit du souterrain.

— Sale Française de merde.

Elle attendit qu'il se calme.

— Tu as un briquet ?

Il avait un briquet.

— Une chance, fit-elle. Rallume la bougie.

Il ralluma. Et il se mit à entreprendre de desceller les briques du mur. Avec la boucle de sa ceinture.

⁂

Dans la bibliothèque, Boris Corentin s'aperçut soudain qu'une haute silhouette élégante était appuyée de l'épaule aux rayonnages en compulsant très lentement un livre ancien sur le commerce des tapis au XVIIIe siècle.

Le dirlo. Le directeur de la PJ.

Boris reposa le dossier qu'il fouillait.

— Vous êtes venu dans l'intention de nous aider ?

Le haut fonctionnaire eut un haut-le-corps.

— Je vous en prie.

Boris se mit à rire.

— Allons, pas de cinoche. Vous n'êtes pas là pour faire de l'entomologie tapissière.

Il agita la main vers la table basse :

— On cherche les archives de l'endroit. Et c'est urgent. Je vous expliquerai plus tard.

Le haut fonctionnaire se pencha élégamment sur une pile de dossiers.

— Vous ne me racontez pas l'histoire ultra classique des souterrains secrets ?

Boris se maîtrisa :

— Mais si, monsieur le Directeur. Et je vous prie de croire que c'est sérieux.

Il y eut un toussotement à l'autre bout de la pièce. Aimé Brichot qui levait entre pouce et index une feuille de papier très jaunie.

Aimé Brichot se leva. Et il alla agiter la feuille pratiquement sous le nez du directeur de la PJ.

— Monsieur le Directeur, est-ce que vous avez entendu parler du flair policier ?

L'autre fixait ce bout de papier qui se baladait devant ses yeux.

— Je vous en prie, un peu de respect, tout de même.

Aimé Brichot ouvrit le pouce et l'index. Et la feuille de papier voleta jusqu'aux genoux du dirlo.

— C'est quoi, ça ? fit-il.

Le dirlo se pencha.

— Un plan...

— Un plan de quoi ?

Charlie Badolini se leva.

— Suffit, Brichot.

Il marqua un temps d'arrêt.

— Vous savez, les inspecteurs sont des gens qui vont sur le terrain. Ils prennent des risques. Conséquence. Ils parlent vrai. Vous voyez ce que je veux dire ?

Le dirlo voyait. Ils se foutaient tous de sa gueule. Tous, les flics de base en rond autour de lui, les mecs mal payés qui risquaient leur peau jour après jour. Les paumés qui avaient commencé à traquer les chiens écrasés tandis que lui nageait magiquement dans les concours huppés où les examinateurs étaient des potes d'enfance de son papa.

On n'est pas obligatoirement con parce qu'on est énarque.

— Monsieur Badolini, fit-il, nos oiseaux sont en train de s'envoler !

Charlie Badolini eut un bref coup d'œil vers Boris et Aimé.

— Vous n'avez peut-être pas très bien examiné le plan du souterrain, monsieur le Directeur. D'accord, il date du XVIIIe siècle, mais on ne sait jamais, le mur contruit par monsieur de Vergennes, ministre de Louis XVI, si j'en crois le texte, est peut-être encore en place.

Le haut fonctionnaire se fouilla. Pour sortir un paquet de Dunhill.

— Espérons, monsieur Badolini. Espérons.

Sur le perron, Aimé Brichot attrapa Boris par la manche.

— Pourquoi tu m'as retenu de le gifler ?

Boris lui prit l'épaule.

— Pour une raison simple, Mémé. Tu es marié. Tu as trois enfants. Je ne veux pas te faire casser.

CHAPITRE XVIII

A Ville-d'Avray, dans les Hauts-de-Seine, les rossignols ne chantent pas que dans le parc de la propriété datant de Louis XV et rachetée un jour par un Turc plein aux as appelé Meyte Bardim. Ils chantent aussi du côté de Bois de Fausses-Reposes, dans la partie de Ville-d'Avray qui s'arrête d'être construite, le long d'un haut mur, pour céder place à un bois qui ne s'arrête que du côté de Versailles.

Un rossignol chantait dans le vieux chemin, juste en face du vieux mur que Sean Galway troua par la base, peu à peu, à la sueur de son front.

Bientôt l'orifice fut assez large pour qu'ils puissent sortir.

Les lois de la police d'aujourd'hui ont changé. Les truands n'ont plus autant de facilités que les années précédentes pour s'en aller en galopant, le nez à l'air libre après s'être extirpés d'un trou, même pratiqué à la sueur de son front dans un mur antique.

Sean sortit du trou. Puis il tira Béatrice par la main. Il flaira l'air ambiant. Tout paraissait net. Il tira tout à fait Béatrice qui avait très froid dans l'air de la nuit avec sa robe légère maculée de boue et de toutes les toiles d'araignées du souterrain datant d'avant la Révolution.

Les rossignols jetaient toujours leurs roulades immémoriales de la fin avril mais, pour le malheur de Béatrice, Sean l'Irlandais avait trop bien appris, lors de sa jeunesse terroriste, du côté de la frontière avec l'Irlande et l'Ulster, à se méfier des brusques suspensions de roulades, dans la nuit, de la part des rossignols.

Il était à peine sorti du trou, alourdi par un sac en plastique plein de pierres et de lingots attaché à la ceinture quand il crut voir dans la nuit, du côté des premiers arbres du bois de Fausses-Reposes, deux ou trois silhouettes de tireurs d'élite.

Les voyous en cavale voient généralement très net dans la nuit. Et ce qu'ils croient voir est vrai.

Sean se jeta à plat ventre sur le trottoir en hurlant des cris de Sioux. Pour affoler l'adversaire. Son Herstall cracha toutes les balles de son chargeur. Pour rien. Il ne fit de mal qu'à quelques troncs d'arbre en face de lui. En revanche, les tireurs d'élite ne le ratèrent pas. En quinze secondes, la si jolie partie chauve de son crâne, si bien chauve et polie, n'était plus qu'un trou rouge rempli d'esquilles d'os et de débris de cervelle.

Tchao, Sean Galway, le terroriste irlandais reconverti dans le voyoutisme. Tchao...

Béatrice tituba derrière lui. Illuminée par des projecteurs jailli de la nuit. Elle fit encore quelques pas sur le bitume de la rue, à l'endroit où tout à l'heure, dimanche matin, les sportifs du dimanche matin allaient s'accroupir rituellement pour vérifier les lacets de leurs Nikes et autres marques sportives avant de s'élancer dans le bois de Fausses-Reposes, poumons emplis des effluves fabuleux de la nature du dimanche matin.

Elle tomba sur le dos, jupe corolle envolée très haut autour de ses hanches. Incapable de se relever. On ne peut pas se relever quand on a les reins brisés par une balle de mousqueton Ruger AMD.

Mais ça n'avait pas vraiment d'importance qu'elle pédale des coudes et des jambes sans pouvoir se relever. Ni même parvenir à rabattre sa jupe sur ses cuisses.

Il y avait longtemps qu'elle avait compris que tout était fini. Longtemps avant que la balle lui casse les reins. Son destin, commencé quelque part dans Paris suivant les instructions de Jeannou la Grise, et qui avait fait d'elle une louve des beaux quartiers ne pouvait que se terminer ici, sur le macadam d'une rue de banlieue chic qui allait se transformer, cinquante mètres plus loin, en chemin de terre forestier pour joggers du dimanche encore enfoncés dans leurs plumes à l'heure qu'il était.

Oui, elle avait compris ça depuis longtemps. Samedi dernier, quand elle avait « lu » les lignes de la main du trop beau flic qu'elle était chargée de piéger. Il ne lui avait pas proposé de lire ses propres lignes de la main. Il avait eu raison. Elles étaient tragiques, ses lignes. Surtout du côté de celle de la chance. Coupée nette à un âge qui correspondait à son âge d'aujourd'hui. Quelque chose comme peu de semaines après vingt-cinq ans.

Un brun doux et puissant lui releva la tête. Et elle sourit.

— Ah... Boris...

Et puis :

— Embrasse-moi.

Béatrice était si blanche, et si visiblement au bout du

rouleau que Boris se pencha. Et il l'embrassa, elle, Béatrice, la salope qui l'avait piégé chez Hermès, rue du Faubourg-Saint-Honoré, au coin de la rue Boissy-d'Anglas.

Dans les phares des flics, ses collègues. A côté des corps de Sean, cette tête puissante d'Irlandais qui n'était plus, à plat ventre dans le macadam, qu'un corps immense ramolli. Avec une tête puissante d'où s'échappaient de la cervelle et des esquilles d'os.

— Sois doux, disait Béatrice. J'ai les reins cassés. Ne me secoue pas.

Il fut doux. Il ne lui secoua pas les reins. Il l'embrassait aussi doucement que si elle avait été en sucre.

Elle lui répétait des choses que les putes ne disent pas.

— Pardon de t'avoir piégé.

Ou bien :

— Peut-être que tu serais tombé amoureux de moi si tu m'avais connue, il y a dix ans, avant que ma mère ne commence à me prostituer.

Il disait oui. La bouche collée dans sa gorge.

A un moment, elle lui demanda à qui il avait offert son carré de chez Hermès.

— Tu te rappelles. Le même que le tien. Avec des ancres marines...

Elle s'accrochait à lui de toute la force de ses bras. Mais les jambes ne s'enroulaient pas avec force autour de ses cuisses. Mortes. Désénervées par la balle.

Il avoua que le carré était toujours dans un placard.

Elle sourit :

— Offre-le à Soizic. Promets-moi.

Il promit.

Et il reçut son dernier souffle dans sa bouche.

Après, il n'y eut aucun commentaire dans l'assistance de flics réunis en rond de l'autre côté des projecteurs. Tout juste un petit flic à lunettes Amor de myope léger qui sortait de la zone d'ombre et venait taper sur l'épaule de Boris Corentin.

— Allez, vieux frère. Tu es un chef. Tu as sauvé ton honneur. Tu as sauvé l'honneur de la police. Viens...

*
**

Rue de Turbigo, la porte du studio de Boris Corentin, inspecteur divisionnaire de la Brigade Mondaine, la porte qu'il ne fermait jamais à clé et par où étaient entrés les voleurs du ticket de teinturier, du verre à dent avec ses empreintes, de cheveux pris sur l'oreiller, s'ouvrit à l'aube, à l'heure où les joggers du bois de Fausses-Reposes relaçaient leurs chaussures spéciales sans se rendre compte que l'endroit où ils faisaient ça avait vécu des instants difficiles peu auparavant.

Et une haute silhouette s'avança sur la moquette pelée. Traînant une valise et un sac aux poignées encore chargées d'étiquettes venues d'aéroports très lointains.

Ghislaine Duval-Cochet, la compagne de toujours, l'amie bien-aimée, se déshabilla en silence puis elle se glissa dans le lit en veillant à ne pas le réveiller.

Raté. Boris se tournait, yeux hagards.

— Ah... c'est toi...

Ghislaine se pencha, bouche pulpeuse, tendue en avant.

— Eh bien, dis donc, tu as une mine de déterré.

Qu'est-ce qui t'es arrivé ? Il suffit que je m'en aille quinze jours et tu fais la foire.

Les yeux cernés de Boris l'observèrent.

— Je te raconterai. Je t'en prie, laisse-moi dormir.

Ghislaine fit la moue.

— Très bien. Monsieur est épuisé. Je vois...

Elle se lova quand même contre son épaule.

— Pour être sincère, tu n'as pas vraiment une tête à avoir fait la fête. Qu'est-ce qui s'est passé ?

Boris l'attira contre lui.

— Oh, rien de spécial. Un type a essayé de faire de moi un flic marron. Je te raconterai. Demain...

Ghislaine essaya bien de lui manger la bouche en lui collant sa poitrine contre la sienne.

Rien à faire.

Boris, son beau Boris aux yeux noirs, son amant infatigable à toutes les heures du jour et de la nuit, s'était rendormi, joue collée à son épaule, comme si c'était une épaule maternelle.

— Mince, se dit-elle. Il a pris un sérieux coup sur la cafetière, mon Boris.

Elle se mit à lui caresser les mèches du front. Maternelle.

appelez-moi
sur ma
ligne
privée :
16 (1) 43 54 29 29
Nous fantasmerons
ensemble.
Comtesse Alexandra

Achevé d'imprimer en août 1986
sur les presses de l'Imprimerie Bussière
à Saint-Amand (Cher)

— N° d'édit. 11499. — N° d'imp. 1942. —
Dépôt légal : septembre 1986.

Imprimé en France